前略、今日も事件が起きています
東部郵便局の名探偵

福田 悠

宝島社
文庫

宝島社

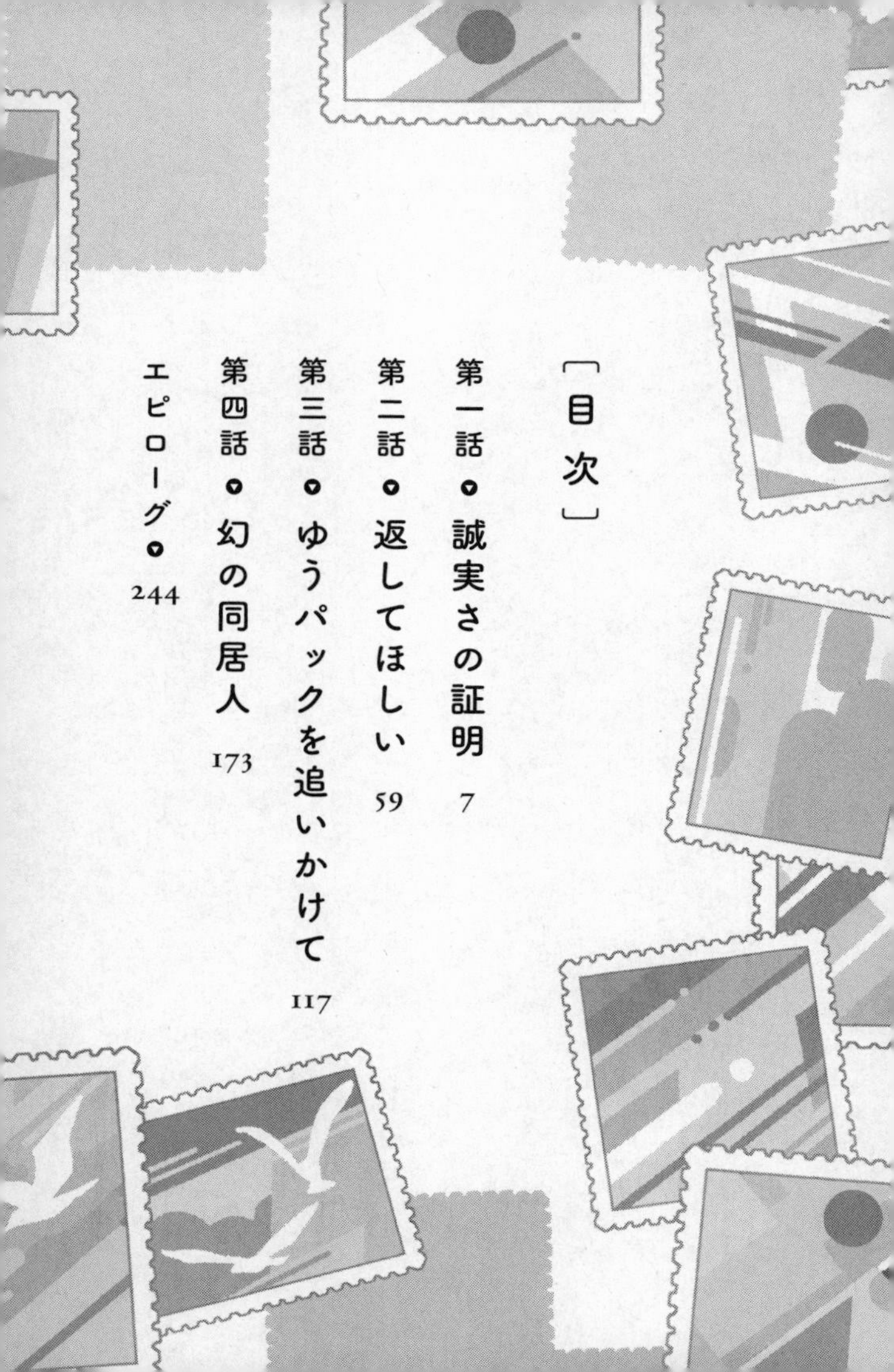

目次

前略、今日も事件が起きています
東部郵便局の名探偵

第一話 ▼ 誠実さの証明

1

中ぶりのダンボール箱を持った若い男性が、カウンターに番号札を置いた。

「お待たせいたしました。ゆうパックの発送でございますね」

東京東部郵便局・窓口担当の相沢夏美(あいざわなつみ)は笑顔で荷物を預かると、手早く縦横高さの寸法を測った。予測どおり八十サイズだ。

荷物と一緒に受け取ったゆうパックラベルを確認すると、宛て先は兵庫県内になっている。

「料金は千二百円でございますが、窓口までお持ちいただきましたので、百二十円割引させていただきます。千八十円頂戴いたします」

若者は、おそらく持ち込み割引が適用されることを知らなかったのだろう、心持ちうれしそうにしながら、トレイに千円札と小銭を置く。

レシートを渡しながら、夏美はラベルの配達指定日時欄に目を留(と)めた。

明日の日付が書かれた下には時間帯区分欄があるが、「午前中」の文字が丸で囲まれている。

「お客様。恐れ入りますが、東京から兵庫県のこの地域にゆうパックを配送した場合、現地到着は明日の昼過ぎになる予定ですので、配達可能時間は十四時以降となってしまうのですが」

「えっ、そうなんですね」

　青年は恥ずかしげに笑う。

「両親のいる実家に送るもので、急ぎじゃないから大丈夫です。じゃあ、十四時から十六時の指定にしてください」

　年恰好(としかっこう)から、大学生か社会人になって間もない若者と思われる。故郷の両親に贈り物でもするのだろうか。

　ラベルを訂正しながら、夏美は微笑(ほほえ)ましい気分になった。

「よろしくお願いします」

「ありがとうございました」

　青年は、軽い足取りで出口に向かう。

　いつも思うのだが、荷物や郵便物を発送して帰っていく客の後ろ姿にはどこかほっとしたような安心感が漂っているものだ。

夏美は郵便局の正社員ではなく「ゆうメイト」と呼ばれる期間雇用社員だが、お客様と直接に接する最前線の仕事をしていると思っている。

こんなふうにこちらを信頼して帰っていく客の後ろ姿を見ていると、間違いのないよう、無事郵便物を届けなければという責任感とやりがいが新たになる。

夏美は次の客を呼んだ。

まだゆうパックや郵便物を持った数人の客が順番待ちをしている。

やりがいを感じるいっぽうで、

――今日は、できれば定時にあがりたいな。

と、考えていた。

久しぶりに、友人と会う約束をしているのだ。

2

松本春奈(まつもとはるな)が、急で悪いけど相談にのってほしいことがあるから会えないかしら、と言って連絡をよこしたのは昨夜のことだった。

仕事帰りでよければ、と言ってOKし、夕食を一緒にとることにしたのだが、春奈は気を遣って勤務先近くのグリルを予約してくれた。

食事を終えた二人の前に、デザートのケーキセットが運ばれてきた。

「そういえば相談って何。結婚式の招待状のことかなんか」

夏美が茶化すと、それまで世間話に花を咲かせていた春奈は、心持ち表情を曇らせた。

「そのことなんだけど、実は私、結婚をやめるかもしれなくて……」

夏美は驚いて、ケーキを口に運ぶ手を止める。

「ど、どうしたの。何かあったの」

春奈は、結婚式を来月に控えていた。

夏美はまだ会ったことはないが、大学時代から十年近く交際を続けていた男性と聞いている。その長い交際期間のあいだにもいろいろ紆余曲折があり一時期別れたこともあったようだ。だが、そんな悩みを乗り越えて再び結ばれた二人だからこそ羨ましく、応援もしていた。

――今日の「相談」を持ち掛けられた時だって、結局、またのろけ話を聞かされるんだろうと思っていたのに。

「じつはね……」

春奈の悩みは、そもそも二人の交際の「紆余曲折」に端を発するものだった。

彼、菱川圭太（ひしかわけいた）は、春奈の大学の一年先輩でサークル活動を通して仲良くなり、春奈が一年の秋から交際を始めていた。

社会人となって数年、お互い仕事に打ち込みつつも交際は続いた。

春奈としては、いずれは菱川と結婚するつもりでいたし、相手も同じ考えだと思っていた。

ところが、そろそろ将来のことを話し合ってみようかな、と考えていた矢先、春奈は仕事帰りに菱川が別の女性とデートしている現場にばったり出くわしてしまう。

青天の霹靂（へきれき）だった。

後でわかったことだが、その女性は彼の勤務先であるＩＴ企業の社長の娘だったのだ。

菱川を問い詰めたところ、

「彼女とは、うちの会社の主催するイベントで一緒に仕事をしたのがきっかけで付き合い始めたんだ。きみには、いずれ話すつもりだったんだけど」

と、悪びれもせずに二股交際を認めた。彼女の方から積極的なアプローチがあったことは言葉の端々から想像できたが、菱川からあくまで自分自身の決断として、

「俺と別れてほしい」

と告げられ、あっさり破局。

しかし別れてから一年が過ぎた頃、突然、菱川から手紙が届いたのだ。

『一年前はきみに対し、不誠実なことをしてしまったが、付き合っていた彼女とは別れることにした。俺も一時の感情ではなく、そろそろ真面目に人生を考える時期に来ていると思う。いろいろ考えたすえ、生涯の伴侶としてはきみ以外に考えられない。結婚を前提にして、もう一度、真剣に付き合ってください』

手紙にはそういう内容のことが書かれていたという。

「圭太って、昔からちょっと変わったところがあるのよ」

何かを思い出すような口ぶりから、なんだかんだ言っても、やはり二人の間には長

年培ってきた絆があるのだと感じられる。

「改まった話をしたい時はメールでも電話でもなく、まず相手に手紙を出すの。で、手紙が届いて相手が十分冷静に考えた頃合いを見計らってから、『手紙は読んでくれたよね。直接話がしたいんだけど、会ってくれるかな』とか連絡してくるの」

「ふうん、手紙か。今時、古風だね」

近頃は、新年の挨拶を年賀状ではなくメールで済ませる人も多いくらいだ。もしかしたら、菱川にとっては春奈に手紙を書いて送るということが、自分自身に対しても決断を促す行為だったのかもしれない。

手紙は、あとあとまで残る物的証拠のようなものだ。菱川は、それをわかっていて春奈に手紙を送ったのだ。彼の覚悟のほどがうかがえる。

だがそもそも、そんな菱川がなぜ春奈を捨てて別の女との交際に走ったのだろうか。

「案の定、手紙を受け取ったあとで、彼から会いたいとメールがきたわ。それで再会した時、真っ先に聞いてみたのよ。なぜ一年前、あなたは彼女の方を選んだのって」

別れた当時はその理由について冷静に問い質すだけの余裕がなかったの、と春奈は説明した。

「彼女は立花愛梨さんっていってね、以前、経済雑誌のグラビアに、そのIT企業の社長であるお父さんと一緒に写っているのを見たことがあったの」

愛梨は春奈よりも若くて美しかった。

それ以上に、彼女との結婚は男としての社会的地位を約束されたのも同然だったから、それを菱川の口からはっきり聞かされるのが怖かったのかもしれないわ、と春奈は振り返る。

いっぽう菱川は、春奈の真剣な問いかけに対して正直に胸の内を明かした。

「俺はITの仕事で成功したいという夢を持っている。具体的にいうと、斬新な社内システムを開発して、縦割り構造で労働効率が悪いといわれる日本の企業に導入してもらう。そして、余計な人手を介することなく各部署で迅速なコミュニケーションを取り最速で結果の出せるような、そんな社内環境を実現したい。働く人たちが仕事に生きがいを感じられるような、そんな環境をね。それを目標に、大学在学中からプログラミングや情報セキュリティの資格も取っていた。配属されたのは営業職だったけど、それにしたって取引先の会社のニーズを知るうえで絶好の機会だと、前向きに捉えていたんだよ。だけど考えが甘かった。上司や先輩たちはできる人ばかりだし、同期の同僚だって、俺よりプレゼンもうまくて営業実績のいい優秀な奴らばかりでさ。しかも俺が努力してやっとついていっている仕事を、周りのみんなはむしろ楽しそうに余裕でこなしているように見えた。一度、顧客との取引で大失敗をしたことがあってね、それ以来、決定的に自信を無くしてしまったんだ。もう疲れてしまって……夢どころの話じゃない。結局、俺なんかがいくら努力しても、たどり着ける頂上は限られているんじゃないかと思うようになった」

そんな時、愛梨と出会い、心に迷いが生じたのだという。

「もし彼女と結婚できたのなら、このどん底から這い上がる転機になるんじゃないか、もっといろんな有力者と知り合って、自分の能力を開花できるんじゃないかと思ってしまった。今となっては、ただきっかけが欲しかっただけで、のぼせ上がっていたとしか思えない。すべて、自分の弱さが招いたことだ。なによりもきみを傷つけてしまったことは、本当に申し訳なく思っているよ」

そう言って、菱川は誠実に頭を下げたという。

大企業の経営者が、自分の子供に若い頃から成功哲学を叩き込んで育てる話はよく聞くが、菱川は春奈と同様に、中産階級のごく平凡な家庭に育った。父親は中堅商社のサラリーマンで、母は時々パートに出かけているという。

そんな普通の家庭に育った男が成功を目指し、壁に突き当たったとしても、導いてくれる者はいない。手探りで突破口を探し、自分自身で乗り越えなければならない。

「たしかに圭太の言うとおり、個人的な努力に対して得られる成功って限界があると思う。でも、じゃあどうすれば障害を乗り越えて人並み以上の成功を手に入れることができるかなんて、誰にもわかるわけないのよね。圭太がスランプを克服してさらに飛躍するために、愛梨さんからのアプローチを転機ととらえ、受け入れた心情もわかる気がするの」

春奈は考え深げに言う。

「春ちゃんは、優しすぎるのよ。それってつまり、『社長令嬢と結婚することで楽に出世したかったから』ってことじゃない」

と、夏美は茶化したが、いっぽうで俗物根性とひとことで片付けることのできない純粋な男の本音を感じたのも事実である。

夏美としては、正直に本音を告げたうえで再度、春奈に求婚した菱川に対して好感度は上がったのだったが、新たな心配ごとも出てくる。

「ねえ、水を差す気はないんだけど、愛梨さんと別れて春奈と結婚したら、菱川さんは会社に居づらくなるんじゃないかしら」

　春奈は頷く。

「圭太は退職したの」

　夏美は、ちょっとびっくりした。菱川が、そこまで腹を括っていたとは思わなかったからだ。

「辞める前、私も心配になって何度も確かめたのよ。圭太はそれで、本当に後悔しないのって」

　それに対する菱川の答えにも、揺らぎはなかったようだ。

「確かに彼女の伝で会社関係の人脈も広がり、昇進の話も出ていた。だがそれは彼女の力であって俺自身の功績とはいえないからね」

　菱川が春奈に語ったところによると、彼は愛梨との交際を選択したものの、日を追うごとに、春奈を裏切った後ろめたさと、他人の力で成功することに対する違和感に悩まされるようになったそうである。

　そんなある夜、菱川は夢を見た。

彼は、見上げるような巨大な壁を登っていた。

以前、ボルダリングをかじったことがあったのでこんな夢を見たのかもしれないが、壁には煉瓦状の凹凸が付いていて、そのわずかな窪みを素手で摑み、足のつま先に引っ掛けて足場にして登っていた。相当きつい。半ば以上登って一時の満足感は得られたものの、途中で休めるような場所もなく、落ちないためにはひたすら上へ上へと登り続けなければならない。

指の爪は割れて血が流れ、痛みと疲労は耐えがたいものになっている。

それでもよじ登り続けていると、声が聞こえてきた。

――がんばれ、もう少しでおまえは栄光を摑めるんだ。

声に励まされて、彼はやがてたどり着けるであろう頂上を見上げた。

そして愕然とした。

広い世界があるかと期待して見上げた頂上には何もなく、壁が空中で途切れているだけだった。

菱川は思った。

――これでは、栄光を摑んだとしても、いずれ力尽きて奈落へ落下してしまう。

夢は、そこで終わったという。

「俺はようやく違和感の正体を悟った。結局、出世したいとか成功したいとか望んでもそれは幸せになるための手段であって、幸せそのものではないのだと。社会で上に行くことだけを考えて生きていくのは、薄っぺらな壁を必死に登るのと同じことなんだ」

「圭太にとっての幸せって何」

「きみに対してかっこつけても、すぐバレると思うから言うけど、まだよくわからない」

彼は正直に告白した。

「でも人生って、遊びとか余裕とかも必要だと思うんだ。同じ登るにしても、壁じゃなくて、なだらかな山ぐらいが俺にはちょうどいいのかな。壁は、もう懲りたよ」

そこで菱川は、テーブルの上に指輪の箱を置いたのだった。

「俺と一緒に、山に登ってください」

話し終えた春奈に対して、

「いいなー。結局、のろけじゃん」

夏美は、熱い熱いと言わんばかりに掌で顔を扇いだ。

「そこまで言われて、何で結婚をやめようかなんて話になるわけ。ただのマリッジ・ブルーじゃないの」

春奈は首を振る。思いのほか深刻そうな様子に、夏美は冷やかしたのを後悔した。

「じつは先日、立花愛梨さんが私の勤務先を調べて訪ねて来てね」

「えっ。ＩＴ企業の社長令嬢の」

突然、修羅場が見えた気がして焦った。

春奈は都内でも規模の大きな障害者福祉施設に勤めており、施設のホームページには入所者の世話をする職員の写真なども載せられていた。いっぽう愛梨は、菱川から、具体的な情報は伏せられていたものの、春奈がどんな仕事をしているか聞いたことがあったらしく、インターネットで福祉施設を検索し、一度だけ面識のあった春奈を捜し当てたのだという。

「大丈夫だった？　何かひどいこと言われたんじゃないでしょうね。それに菱川さん、彼女とはちゃんと別れたんじゃなかったの」

春奈の話では、菱川は愛梨とも直接会って自分の本心を告げ、互いに納得したうえで別れたと聞いている。

「その時は場所を変えて話したんだけど、愛梨さんは、本当は全然納得なんてできなかったんだって。でも、自分にもプライドがあるから、未練がましく彼に追いすがるような真似はしたくなかったんだって言ってた」

その気持ちもわからなくはないが、ではなぜ今更、春奈を呼び出したりするのか。

「彼女は、圭太の私への愛情は偽りだって言うの。彼と別れた時は、もう自分には関係ないと思って割り切ろうとしたけど、やっぱりどうしても許せなくて、それだけは私に言いたくなって来たんだって」

「ちょっと待ってよ。何それ。いったい何を根拠に決めつけるのよ」

憤慨する夏美をよそに、

「その前に、夏美には彼の会社のことは話してなかったね」

確かに、そこそこ名の知れたＩＴ企業としか聞いていない。

「『ライフメソッド』よ」

夏美は思わず、ほう、と感嘆の声を上げる。国内大手ＩＴ企業のひとつだ。

「さすがは春ちゃんの彼氏。そんないいとこに勤めてたんだね」

が、すぐに顔を曇らせた。

「でも、その会社って……」

「そうなのよ」

ライフメソッドの立花社長は、半年ほど前に株のインサイダー取引が発覚して逮捕されている。

社長が独断でやっていたことで、他の社員は逮捕当日まで取引があったことも、証券取引等委員会や検察の調べが進んでいたことも全く知らなかったそうだ。

菱川自身も、去年の十月一日の朝十時のニュースで社長がインサイダー取引に手を染めていた事実を初めて知ったのであり、それ以前には知る由もなかったと、春奈に話していたという。

それも経営戦略のひとつだったのか、それとも個人的な自己顕示欲の表れか、テレビの経済番組にゲスト出演したり、雑誌にインタビュー記事を載せたりなど、もともとマスコミへの露出度が高い人物だっただけに、その逮捕劇はテレビのワイドショーやネットニュースでも大々的に報じられ大騒ぎになった。

不正の発覚を受けて株価は一瞬で暴落、現在は会社経営も危機に瀕（ひん）している状態だ。

「愛梨さんは、立花社長の娘だったのね」

春奈は辛（つら）そうに頷いた。

愛梨は、かつて経済雑誌のグラビアを飾ったあでやかな晴れ姿とは似ても似つかぬほどやつれ果てて見えたそうだ。

愛梨は春奈に、あなたは菱川の正体を知らないと言ったらしい。理由を問うと、

「彼ほど不誠実な男はいないわ。最初から、お金と会社目当てで私と付き合い始めて出世するつもりだったんでしょうけど、父があんなことになったとたんに、私を捨ててあなたとよりを戻した。あなたを愛しているなんていうのは嘘（うそ）。全部、私から逃げるための口実なのよ」

愛梨によれば、菱川は半年前の父親が逮捕された当日、十月一日に、彼女宛てに手紙を発送したという。手紙の消印も、間違いなくその日付になっていた。

届いたのは翌日で、別れを告げる手紙だとわかったという。

菱川は春奈に対して行なったのと同じように、愛梨に対してもまず決意の手紙を送り、その後、直接会って話し合ったのだろう。

「私も気になって、後で自分宛てに来た封書を確認してみたら、梅の花の切手にやっぱり十月一日の消印が押されていたわ」

つまり、二通の手紙は同時に出されたことになる。

梅の花の切手といえば、現在、普通郵便を出すさいに最も一般的に使われている八十四円の切手だ。

それにしても自分なら仕事柄すぐにわかるが、春奈は切手の絵柄までよく見ていると思う。

聞けば、菱川は一人旅が好きで休日などにたびたび出かけていたが、旅先でよく記念切手などを貼って春奈に手紙を送ってくれていたという。

「それで、彼からの手紙を受け取ったら、切手の絵柄を見る癖がついちゃったのかもね」

と、春奈は笑った。

だがこの場合、切手は関係ない。問題はその上に押印された消印の日付だ。

「私だって、その事件は知っていたわ。圭太の会社に警察の捜査員が入っていくのもニュースで見たし。でも、この事件で会社の将来が危うくなったから、圭太が会社と縁を切るための口実にする目的で、私とよりを戻そうとしたかもしれないなんて疑ったことはなかった。圭太は純粋に私とやり直したいと思ってくれたと思っていた。決意の手紙をくれた日に偶然、社長が逮捕されたとばかり思っていたの……だって圭太自身も、社長が裏でインサイダー取引に手を染めていたなんてショックだって、しばらく落ち込んでいたのよ」

普段はしっかり者の春奈が、厳然たる事実を突き付けられて涙声になっている。

春奈が疑わなかったのも無理はない、と夏美は思った。

菱川からプロポーズされて幸せいっぱいだった春奈は、それと社長の逮捕劇とをむすびつけて考えることすらできなかったのだろう。

だが愛梨は、菱川が春奈のもとに戻ったのは、純粋な愛情から出た行為ではなく、社長の逮捕劇が彼の心を変えたか、少なくとも背中を押す要因になり、緊急避難的に逃げたのだと言いたいのだ。

――ひどい女。自分ひとりが不幸になったのが納得いかなくて、春ちゃんの幸せにまで水を差しに来るなんて。

夏美は内心憤慨したが、いっぽうで彼女の指摘にも一理あると思った。

　十月一日朝のニュースで社長の逮捕を知った菱川は、会社に見切りをつけ、即座に行動を起こした。沈没する船から逃げ出す鼠のように、付き合っていた社長令嬢には別れを告げる手紙を送り、春奈に対してはもう一度やり直そうというもっともらしい手紙を書いて発送した可能性もある。

　春奈には悪いが、そう考えればすんなり筋が通る。

　誠実だと思っていた菱川の行動は、すべて打算によるものだったのか。

「ねえ、彼に全部話して確かめてみたら」

　そう言いつつも、夏美はそうすることが本当に二人にとって最善のことなのか、確信がなかった。

　なぜなら直接問い質すことは、菱川の誠実さを疑っていることになるからだ。

「できない」

　果たして、春奈は否定した。

「私だって彼を信じたい。むしろ、愛梨さんに告げ口されて不安になっている自分が許せないくらいよ」

　だが突き付けられた事実は、菱川を疑うに足るものだ。

その日は結局、二人とも、もやもやしたものを抱えたまま別れた。

3

翌日、東京東部郵便局の郵便窓口は、いつにも増して込み合っていた。

窓口に封書を持ってきた高齢の女性が、夏美に質問を投げてくる。

「中に手紙と孫の誕生日プレゼントのキーホルダーが入っているのだけれど、この切手で足りるかしら」

定形の封書には、すでに八十四円切手が貼られている。

夏美がデジタル秤（はかり）で重さを量ると、四十五グラムの表示が出た。

「恐れ入りますが、二十五グラムをオーバーしておりますので、料金は九十四円となります。十円不足していますが、よろしかったら不足分の証紙を貼って差立てましょうか」

「ありがとう。そうしてください」

高齢女性の後ろ姿を見送り、さて次のお客様を呼ぼうとすると、

「相沢さん、ちょっと」

いつの間にかすぐ側(そば)に、郵便部内務の女性が立っている。ぽっちゃりした体形を縮めるようにしながら、片手で拝む仕草をしていた。

コールセンターに勤める結城(ゆうき)しのぶだ。彼女達は直接、接客はしないが、客からかかってくる電話の対応を一手に引き受けている。

聞けば、ひと月前から窓口で販売している人気キャラクター記念切手の在庫状況を問い合わせてきている客がいるという。

切手は毎日売れているので、在庫に関しては販売の当事者である夏美たちにしかわからない。電話で問い合わせてきた顧客に対して「まだあると思いますよ」などと適当な返事をしたりすると、もし売り切れだった場合、窓口まで無駄足を踏ませることになり、あとでクレームに発展しかねない。

だから彼女達は時々、窓口まで問い合わせに来るのだ。

電話を保留にして待たせているとなると、急がなければならない。夏美が座席の後部にあるキャビネットの引き出しを開け切手の在庫を確認して伝えると、しのぶは礼を言って戻っていった。

そうこうするうちにも、窓口横にある発券機の前には次々と客がやって来て番号の印字された紙片を取り、順番待ちを始める。

めいっぱい働いて、ようやく休憩が取れた時には、すでに十四時半をまわっていた。

更衣室のロッカーから私物のバッグを取り出して、三階の食堂へ向かう。

平日の食堂の営業時間は、昼食タイムが十一時から十五時まで、その後一時間三十分の間をおいて夕食タイムが十六時三十分から十八時三十分までだ。

ちなみに土曜日は昼食タイムのみの営業となっている。

もたもたしていると昼の営業が終わってしまう。

建物が古いせいか、各フロアへ続く階段には踊り場がない。もちろんエレベーターはあるが、業務以外は階段を使うことになっているのだ。

毎回きつい思いをするが、ダイエットのためと自分に言い聞かせ、夏美は食堂へ続く階段を上がっていった。

きついとかしんどいという思いから連想したのだろうか、春奈から聞いた菱川が見たという壁を登る夢の話がふと脳裏に蘇(よみがえ)る。

春奈とは、高校時代、演劇部で活動を共にした友人だった。大学は別々だったが、在学中も社会人になってからもずっとつきあいは続き、一緒に食事をしたり、芝居を見に行ったりしていた。

同い年だが、春奈は自分なんかよりずっと落ち着いた大人だと思うし、社会人としても着実にスキルアップしている。在学中に介護福祉士の資格を取って障害者福祉施設の正職員として採用され、三十路（みそじ）にさしかかろうという現在では職場で昇進もしているという。

しかも、優秀であっても春奈はそれを鼻にかけたり、他人を見下すようなところが全くなかった。

それに比べて自分はどうだろう。

大学卒業後に就職した会社は二年で辞めてしまったし、それからアルバイトを転々とし、たまたまネット上の求人広告で東京東部郵便局の窓口の仕事を見つけて応募し、期間雇用社員のゆうメイトとして採用された。

給料は時給で、半年に一度契約を更新し、昇給もあるしボーナスも支給される。また郵便局には正社員登用制度というものがあり、一定期間、ゆうメイトを真面目に務めると正社員の採用試験を受けることができる。

春奈を見習いたいと思った夏美は、去年、一念発起して試験を受けてみた。Ｗｅｂ上での一次試験は何とかクリアしたが、その後の面接試験で緊張してしまったのが要因か、結局は不採用となった。年に一回、行なわれる試験なのでまた応募することもできるのだが、いまひとつモチベーションも湧かず、今年は受けないつもりだ。

そんなふうに、夏美はこれまでいつも、春奈にはかなわないと思い続けてきた。ここまで器が違うと、嫉妬という感情すら湧かないものだ。

その春奈が、あそこまで苦悩し憔悴していたのはショックだった。

何か力になってやれないかと思うのだが、菱川が出した手紙の消印が明確に十月一日となっている以上、それは動かしがたい打算の証明と思える。

夏美は消印が間違っている可能性を考えてみたが、そんなことがあり得ないのは、郵便局に勤務している自分が一番よく知っている。

郵便局の窓口で手紙を出した場合、切手にはその日の消印がその場で押されるから疑いようもないし、ポスト投函した場合も、取集してきた郵便物は郵便部に設置されている区分機でまとめて区分されたうえ、押印機という機械で当日の消印を一括押印されるからである。

春奈はどうするのだろう。彼に直接確かめるのは嫌がっていたが、かといってこのまま結婚しても、事実を知ってしまった以上は、ことあるごとに彼を疑い、苦しみ続けなければならないのだ。

「いらっしゃい。今日は何にする」

気がつくと、夏美は食堂のカウンターの前に、配膳用のお盆を置いて立っていた。あわてて今日のメニューを確認する。

目線の先では、白衣姿のおじさんがにこやかに返事を促していた。

歳の頃は四十代前半だろうか。フルタイムで盛り付けや皿洗いなどを担当する中年の女性従業員と連携を取りながら、東京東部郵便局の食堂を切り盛りしている。

二年前に総務部が局内アンケートを行なったさい、『食堂の料理がまずい』『改善してほしい』という意見が多かったため、『料理がまずいと皆の士気にかかわる』という局長の判断で業者を変えた。新しく赴任してきたのが、このおじさんというわけだ。

最近になって再度アンケート調査をしたところ、『前の業者よりよくなった』『味噌(みそ)汁がうまい』『入りたての頃より、じりじり腕を上げてきている』と、まずまずの評価を得ているようだ。

本人はというと、暇な時は気さくに社員と話すような性格で、時には「その国際郵便の新サービスのことですが、よかったらちょっと教えてもらえませんか。今度利用したいので」と社員に聞くなど、好奇心旺盛なところがある。

夏美は小銭入れから五百円玉を出しながら、

「じゃあ、野菜天丼にしようかな。並盛でお願いします」

と、注文した。

いつもよりかなり遅い時間に来たので、食堂には夏美の他に集配営業部の配達員と思しき年配の男性がひとりしかいない。

その配達員も、夏美が配膳カウンターの近くの席に座って、天丼を食べ始めるころには、食堂から出ていった。

天丼には舞茸やカボチャと一緒に、夏美の好きなたらの芽の天ぷらも載っている。

その歯ごたえがあって香り高い食感を楽しみながらも、思考はやはり菱川が春奈に送った手紙のことに引き寄せられてゆく。

「元気ないけど、どうしたの。まさか天丼がまずいとか」

カウンター越しに、おじさんが快活そうに聞いてくる。

「ううん。とてもおいしいですよ」

夏美はあわてて答えると、

「でも、手紙の消印のことで悩んでて」

つい、口に出してしまった。

「消印って、ただ手紙を出した日付をスタンプで押すだけなのに、場合によっては人の人生を左右してしまうかもしれないんだなって――そう考えると、ちょっと怖くなっちゃって」

「仕事で失敗でもしたのかい」

おじさんも真顔になっている。

「そうじゃないんですけど、実は昨日、友達から相談されたんです」

夏美は、個人名を出さずに経緯を説明したが、友達の婚約者がライフメソッドの元社員であることは説明した。半年前の事件については、おじさんもよく知っていた。

「ふうん。だから消印なのか」

「私、ここに勤めていて、一般の人より郵便物については詳しいはずなのに、全然彼女の力になれなくて」

おじさんはしばらく考えていたが、

「郵便物に関して言えば、そもそも消印は常に切手とセットになっている」

と、重々しく言った。

「はあ」

話の方向が見えない夏美に、

「きみは消印だけで判断して、彼の別れた婚約者の指摘は正しいと思ったようだけど、消印が押されていた切手の方も確認してごらん。もしかしたら、新しい発見があるかもしれないよ」

「切手なら、友人がちゃんと確認しています。普通に八十四円切手が貼られていたそうですよ。問題はそれにはっきりと、十月一日の消印が押されていることなんです。彼がその日に手紙を出したことは動かしようのない事実でしょう」

——たぶん、社長が逮捕されたニュースを見てからね。

と、心のなかで補足する。

「本当にそうかな。彼が我が身を守ることのみに汲々（きゅうきゅう）としていたのであれば、ライフメソッドの社長が逮捕されたその日に計ったように手紙を送るのは逆にわざとらしすぎないかい。あたかも自分が打算から行動を起こしたと告白しているようなものだよ」

「それはそうだけど」

おじさんの言うとおりだ。本当に打算があるなら、自らのやましさを隠そうとするはずだ。手紙を送るにしても、ほとぼりが冷めてからにするべきで、逮捕の当日というのはあまりにもタイミングが悪すぎる。

かといって、消印の数字が菱川の打算を証明していることに変わりはない。

「切手を確認したところで、消印の数字が変わるわけないじゃないですか」

夏美が困ったように反論すると、おじさんはテスト用紙を前にして悩む小学生に、ヒントを与える先生のような顔をした。

「その手紙が出された令和元年、つまり去年の十月一日は、特別な日だったはずだがな」

「えっ」

突然、話題が変わったようできょとんとする夏美に、おじさんはもう忘れたのかといわんばかりに苦笑する。

「ここの定食代は据え置きにしてあげたけど、窓口じゃそうはいかなかったんだろう。お客さんからも、いろいろ聞かれたはずだよ」

それで思い出したが、忘れていたと思われるのは癪に障る。

「ちゃんと覚えてますよ。消費税率が八パーセントから十パーセントに上がった日です」

そうだ。切手といえば、消費税率の引き上げに伴って、郵便局では切手のラインナップも新料金のものに一新されたのだ。例えば、はがき用の切手はそれまでの六十二円から六十三円に、封書用の八十二円切手は八十四円に変わっている。額面の料金ばかりではなく、切手の絵柄も一新された。

おじさんの言うように、十月一日前後は窓口にくるお客さんの中にも新料金について問い合わせたり、確認したりする人が多かった。

それもそのはずで、もし、十月一日を過ぎてから旧料金の八十二円切手を貼って手紙を出そうものなら二円分が料金未納扱いとなり、不足分は差出人ではなく、手紙の受取人に請求されることになる。

個人的な間柄ならまだ笑って済ませることもできようが、仕事関係の顧客だったりした場合は、信用を失いかねない。

「そういえば、『料金未納』っていうんだっけ。うっかり昔の切手を貼って手紙を出したりしたら、郵便局ではどうやって足りない分を支払ってもらうのかな。配達員さんがわざわざ徴収しに行くのは面倒だよね」

おじさんは、夏美の回想をモニターか何かで見てでもいるかのように、無邪気そうに聞いてくる。

「それは、お届け先に届ける郵便物に、『料金未納はがき』というのを添付するんです。受取人様がそのはがきに不足分の切手を貼ってポスト投函すれば、郵便局に届いて補塡(ほてん)されることになります」

「なるほど」

感心するおじさんを尻目に、夏美は頭の隅に一瞬灯(とも)った豆電球のほのかな光が気になっていた。

今の指摘で何かが閃(ひらめ)きそうになったのだが、いざ筋道立てて考えようとすると、閃きは狡猾(こうかつ)な猫のようにするりと逃げてしまい、尻尾(しっぽ)をつかまえることができない。

頭を抱えているうちに、もう勤務に戻らなければならない時刻が迫っていた。

天丼はすでに平らげていたが、夏美は自販機で淹れておいたカップコーヒーを急いで飲みくだす。

「ご馳走さま。個人的なことなのに相談に乗ってくれて、ありがとうございました」

カウンターに空の食器を返しつつ礼を言うと、

「どういたしまして。うまく解決するといいね。くどいようだけど、友達に頼んで一度、その手紙の切手を見せてもらったら」

おじさんは笑って言った。

4

勤務に戻ってからも、先ほど閃いたことが頭の隅に陣取ってしまい、夏美は接客の合間にあれこれと考えた。

別れ際におじさんが言った「切手を見せてもらったら」という提案は、郵便局で働いている夏美なら、何か気がつくことがあるかもしれない、ということなのだろう。

この仕事で得た知識や経験が、何かの役に立つのだろうか。

――やっぱり、切手に謎を解く鍵があるのかな。

そういえば、春奈は「梅の花の切手」に、十月一日の消印が押されていたと言っていた。

春奈に頼んで見せてもらいたい気持ちもあるが、それで何もわからなかったら、よけい気まずい思いをするような気がする。

そう考えると決意が鈍り、夏美は春奈に連絡もできないまま数日が経った。

その日は土曜日だったが、本局クラスの東京東部郵便局の郵便窓口は、十五時まで営業していた。

窓口は終了ぎりぎりまで込み合っている。平日より営業時間が短いということと、駅前などにある窓口業務のみの特定局が土日祝日は休みのため、普段は近所の窓口に通う顧客たちも、本局までやって来るのだ。

休憩時間になって三階までくると、夏美は営業中の食堂の前を素通りしてフロアの奥にある女子休憩室に向かった。

今日は手弁当を持ってきたのだが、好奇心の強そうな食堂のおじさんから「この前の件はどうなった」と、聞かれると気まずいため、食堂ではなく休憩室で食べることにしたのだ。

あれから全く進展がないのは、何も行動を起こしていないのだから当然のことである。

——おじさんの言うとおり、春奈に会うべきなんだろうけど……。

夏美は制服のポケットから、スマートフォンを出して迷った。今日中に連絡を取れば、春奈とは日曜日に会えるだろう。

しかし——。

「あら、お疲れ様。これから休憩なの？」

休憩室に入ると、先客から声をかけられた。

女子休憩室は、真ん中に低めのテーブルが置いてあり、その周りを大小四脚のソファが囲んでいる八畳ほどの小ぶりの部屋だ。

「結城さん。お疲れ様」

ソファで寛(くつろ)いでいたのは、同年代でコールセンターに勤める結城しのぶだった。他に社員はいない。

土曜日は総務部のほか、ゆうちょ銀行やかんぽ生命が休みなので、全体的に出勤者は少ない。

夏美は向かいの席に座って、弁当を食べながら雑談に興じた。

「これ、よかったらどうぞ。この前はありがとうね」

しのぶは目の前のテーブルに、チョコレートのパッケージを置いた。ＣＭでもよく見かける某お菓子メーカーの季節限定品だ。

「ありがとう。コールさんはいつも忙しそうで大変ね」

夏美は、客を電話口で待たせているせいで焦りぎみだった先日のしのぶの様子を思い出した。

窓口でも理不尽な要求をする客は時々いるが、コールセンターではクレーマーの対応に苦慮しており、その種の客に『カスハラ』を受けて辞めた者も多いと聞く。

カスタマーハラスメントの事例は枚挙(まいきょ)に遑(いとま)がないが、「馬鹿」「豚」「死ね」「お前なんか辞めてしまえ」というあからさまな暴言から「お前の電話対応の要領が悪いから時間を無駄にした。電話料金を賠償しろ」という不当な金銭の要求まで、コールセンターの者なら誰もが一度は経験しているという。

だが幸いにも、目の前のしのぶはあまり深刻に悩んだりはしない性格のようだ。

「今日は参ったわよ。お客さんたら管内の郵便ポストに何時までに郵便物を投函したら今日の消印を押してもらえるかなんて、こまごましつこく聞くのよ」

自分の潜在意識が、消印の話を引き寄せるのだろうか。

夏美は苦笑しながらも、少し興味をそそられた。

「何か、事情がありそうね」

「うん。なんでも文学賞に応募するらしくて、それが今日の消印まで有効なんだって。『俺の一生がかかっているんだ』なんて言ってた」

しのぶは、そんならもっと早く書いて出せばいいのに、と言いたげだ。

「それで、ご心配なら窓口に来て発送すれば間違いありませんよって教えてあげたの。そしたら家は本局から遠いから、移動時間がもったいない、ぎりぎりまで推敲(すいこう)したいんだって」

「ご本人にとっては、切実なことなのよ。窓口に来る人の中にも、消印の日付を何回も念押しする人っているわ」

文学賞や雑誌のプレゼントの抽選に応募する場合などもそうだが、特に受験シーズンになると、入試の必要書類を送る関係でこの種の問い合わせは激増する。それこそ、一生を左右する問題だ。

「でも確か、今日のポスト取集の最後の回の取集時刻までに投函すれば、今日の消印になるんだったね」

「うん。でも、その最終の第四便の時刻を案内してあげても、本当にその時間ぴったりに来るのか、担当者が時間にいい加減で、早く来たりすることはないのかとか、マジでうるさいったら」

しのぶの素が出た話し方に、少し気が緩む。

「その時刻を過ぎたら、明朝の第一便まで取集はないわけだから、明日の消印を押されて失格ってことになってしまうものね」

自分の声が消える寸前だった。夏美の脳裏に、豆電球より数百倍強烈な稲妻が閃いたのは。

「どうしたの」

訝しげに問うしのぶに、

「ううん。何でもないの。ちょっと急な仕事があって――チョコ、ありがとね」

弁当を片付けると、そそくさと休憩室を出ていった。

——もしかしたら私、とんでもない思い違いをしていたのかも……。

窓口に戻った夏美は、客の列が途切れたのをいいことに、机の横にあるキャビネットを開けて自分用のマニュアルファイルを取り出した。

インデックスに『切手』と書かれたページを開くと、色とりどりの切手のラインナップが現れる。

資料用に保存しておいた切手のカラーコピーだ。中には巨大な屋久杉が描かれた屋久島国立公園や紅葉の美しい日光国立公園の切手もある。

普段ならちょっとした目の保養になるのだが、今はそんな余裕はない。

目当てのページには、左右それぞれに『おもな普通切手』と見出しがついており、左側には『平成29年6月1日』現在、右側のページには『令和元年10月1日現在』と、注釈が印刷されている。つまり、左側は消費税率が八パーセントから十パーセントに値上げされる前の切手、右側は値上げ後の現在使用されている普通切手のラインナップということになる。

封書用の左右の切手を見比べてみて、夏美は天井を仰ぎたい気分になった。

――やっぱりそうだった。何で気づかなかったんだろう。増税前には毎日扱っていた切手だったのに。

春奈は菱川から届いた手紙には「梅の花の切手」が貼られていたと言っていた。夏美はそれを聞いて、増税後に刷新された八十四円の梅の花の切手だとすんなり思っていた。

確かに、右ページに掲載されている増税後の八十四円切手には梅の花が描かれている。ところが改めて確認してみると、左ページの増税前の八十二円切手も梅の花だったのだ。

ただし両者は、同じ梅の花でもデザインがちがうのだ。

夏美はすでに、明日の日曜、春奈に会うことに決めていた。

5

春奈は、横浜のこぢんまりしたマンションでひとり暮らしをしていた。

「変なことを言って、いきなり押しかけてごめんね」

「いいのよ。散らかってるけど、どうぞ上がって」

リビングに通された夏美は、謝りながらもそれとなく部屋の様子に目を引かれる。半月後には菱川と新居を構えることになっているのだ。身のまわりの品も整理したり処分したりしているのだろう、部屋のあちこちには段ボール箱が積んであり、当面の生活に必要なもの以外はあらかた片付けられている印象で、どことなく非日常的でちぐはぐな感じがする。

引っ越しが近いのだから当然なのだが、夏美には、そのどっちつかずの落ち着かない様子が今の春奈に取り憑いた心の迷いを象徴しているようで、なんとなく痛々しかった。

「でも、彼からの手紙の現物を見たいだなんて、いったいどうしたの」

春奈は夏美を椅子に座らせると、ティーポットから白いカップにお茶を注いで勧めてくれた。そして手紙がしまってあるという寝室の方に向かった。

ジャスミンの甘い香りがあたりに漂う。

——私の予測が正しければ……。

夏美は緊張してきた。

──でも、もし違っていたら……最初に思い込んでいたように、八十四円切手が貼られていたらどうしよう。

その時、脳裏に意味ありげな笑みを浮かべていた食堂のおじさんの顔が浮かんだ。

──いいえ、大丈夫。おじさんは菱川さんのことを、誠実な人だと思っているみたいだった。きっと、今の私と同じことを考えて、私が自分で真相を解明するように仕向けてくれたんだ。

夏美はそう思って腹を括った。

春奈が手紙を持って戻って来る。

「これなんだけど」

テーブルの上に置かれた封書には、赤い梅の花の切手の上に確かに令和元年十月一日の消印が押されていた。

「八十二円だわ」

会心の笑みがこぼれる。

「夏美、いったいどうしたの」

気遣わしげな春奈に対して、

「春ちゃん、大丈夫。菱川さんは誠実な人よ。彼は春ちゃんのことを本当に大切に思っていたからこそ、この手紙を書いたんだわ」

封書と夏美を交互に見つめる春奈の眼には、期待と不安が半々に混じっていた。

――その根拠は何なの。

と、問いかけている。

「ねえ、この手紙を見ておかしいと思わない。切手料金が改定された十月一日の消印が付いているにもかかわらず、この封書には、値上げ前の八十二円切手が貼られているよね」

説明を始める前に、夏美は質問した。

「そういえば……でも、郵便局の人が見落としたんじゃないの」

やはり世間一般の人にとっては、その程度でスルーしてしまうようなことなのだ。自分のように、郵便局に勤めてでもいない限り、深く考えるほどのことではないのだろう。

「ううん。郵便局はそこまでアバウトじゃないわ。それに、郵便料金が値上がりするってそうそう頻繁にあることじゃないから、みんな行き違いが起こらないように数か月前から準備しているのよ。ここのポストにも、チラシが入っていたでしょ」

「覚えてるわ。はがきは六十二円から六十三円に、封書は八十二円から八十四円に変わるって書いてあった。いろいろ大変だったのね」

春奈は納得したように頷く。

「うん。だから、間違ってスルーしちゃうなんてあり得ないの。こういう場合は、本来なら料金未納はがきをつけて配達されるはずなのよ」

夏美は食堂のおじさんの質問に答えたのと同じように、料金未納について説明した。

「でも、うちの郵便受けに投函されていたこの手紙には、未納はがきなんてくっついていなかったわよ」

もちろん菱川は八十二円切手の他に不足分の二円切手を貼りつけて補充したりもしていない。封書には、八十二円切手一枚だけが貼られている。

にもかかわらず、普通に配達されているのはなぜなのか。

「考えられることはひとつしかないの。それは、切手料金が値上がりした際に適用される例外規定が関わっているってこと」

「例外規定って、どういうこと」

つまり、料金値上げ施行日の前日のポスト取集の最終時間が過ぎてから、当日の最初の取集までにポスト投函された郵便物に対しては、値上げ前の料金が適用されるというものである。

「通常業務では、夜に手紙をポスト投函したら、もうその日の取集は終わっているから、翌朝の取集になって、翌日に投函したのと同じ扱いになるでしょ。でも、切手代が値上がりした時なんかは特別なのよ」

「そうか。本来なら去年の十月一日零時に切手料金の値上げが施行される。でも十月一日朝の最初のポスト取集で集められてきた郵便物は、前日の九月三十日の夜に投函されたものか、それとも十月一日の取集前の早朝に投函されたものか区別がつかないからなのね」

察しのよい春奈は感心したように頷く。

「そのとおりよ。だから一律に料金値上げ前の扱いをするわけ」

春奈には偉そうな説明に聞こえるかもしれないが、夏美は内心で、もっと早く気づいてやるべきだったと反省していた。昨年十月以前から、この例外規定に関しては、耳に入っていたはずだ。上司に質問したこともあったかもしれない。何しろ窓口に来る客の中には、この種の質問をする人が少なからずいるのだから。

だが、夏美はそれを単に仕事上の知識として覚えていただけだった。おじさんやしのぶにヒントをもらうまで、今回のことと結びつけて考えてみることはできなかった。

「もう、言わなくてもわかるよね。菱川さんから届いた手紙は、九月三十日夜か、十月一日早朝にポスト投函されたものなのよ。それで八十二円の料金で、何の問題もなく春奈のもとに届いたの。だから、彼が十月一日のニュースで報道された立花社長の逮捕を知ってから書いたなんて、あり得ないでしょ」

ここまで断言するために、夏美はそれなりの裏付けも取っていた。

菱川が、九月三十日の夜ならともかく、十月一日朝、ニュースを見てからすぐに手紙を書いて、ポスト投函し、それがその日最初の便で取集された可能性はないかを調べたのだ。

まず、ネットで調べたところ、立花社長のニュースが初めて世に出たのは、十月一日の十時ごろだった。菱川もこのニュースを見たと言っている。次に、春奈から教えてもらった菱川の住所付近にある郵便ポストの初回の収集時刻を管轄局に問い合わせて教えてもらったところ、すべて九時台で十時を過ぎての取集はないことがわかった。

その僅かな可能性もない以上、菱川の潔白は動かない。

しばらくの間、沈黙があった。春奈は顔を俯けて黙っている。

「ありがとう。夏美」

そう言ってこちらを見た春奈の眼には、涙がにじんでいた。

「今度のことでよくわかった。私、もう二度と彼のことを疑ったりしないわ」

夏美はその後、ジャスミンティーの甘やかな香りを嗅ぐたびに、この時の春奈の幸せそうな笑顔と、自分自身に対する誇らしい気持ちを思い出すことになる。

6

「と、いうわけで、おじさんの言ったとおり、その人の容疑はめでたく晴れて、二人は無事結婚することになりました」

その日も窓口業務が立て込んで、なおかつ用事があって総務部にも立ち寄っていたため、夏美が社員食堂へ行ったのはランチタイムが終わる二十分前だった。

先日と同じように人影はまばらで、休憩時間と思しき二、三人の社員が、自販機のコーヒーを飲みながら備え付けのテレビでニュース番組を見ている。

春奈からの結婚式の招待状を見せながら報告する夏美に、

「そりゃ、よかった。めでたし、めでたしだね」

おじさんは嬉しそうに答えると、カウンターにカツカレーの皿を置いた。お腹が鳴った。

聞こえなかったことを祈って、備え付けのタッパーから福神漬けを皿に取っていると、片手に持った招待状の余白に手書きされた春奈の字が目に入った。

「でも、あのことは彼には内緒よ。お願いね」

春奈が悪戯っぽい目をして口に人差し指を当てているさまを想像しながら、いっぽうで夏美は感慨を覚えていた。

当初は保身を図った男の疑いようもない打算の証明と見えていた十月一日の消印が、真相が明らかになった今となっては、彼女に対する誠実さの証明へと百八十度の変貌を遂げたのだ。

本当に、人の本心なんてそう簡単にわかるものではない。

ふと、聞き覚えのある名前が耳に入って来て、夏美はテレビを見た。

ちょうど、ライフメソッドが会社更生法の適用を受けることに決まったというニュースが流れていた。事実上の倒産だ。

菱川はすでに退職し、転職先の別の企業で、仕事を始めているはずだった。

「社長が逮捕されてからまだ半年なのに、悲惨なことになってますね」

何気なくおじさんに話題を振ると、

「あそこの社長はワンマンだったからね。社員の中にはパワハラで苦しんでいた人も多かったって話だよ」

「おじさんって、なんか詳しいですね」

「いやいや、たまたま興味があって」

ライフメソッドのニュースは短いものだった。アナウンサーはすでに話題を変え、最近、名古屋で宝石店が窃盗団に襲われる被害が相次いでいると報じていた。

「いけない。もたもたしていると時間になっちゃうわ」

急いでカレーを食べ始めると、

「大変だね。今日はそんなに忙しいの」

と、おじさん。

「いえ。総務部に資料をもらいに行っていて遅くなったんです。じつは私、また正社員の登用試験を受けてみようかなって」

「へえ、いいじゃないか」

「今回の一件で、郵便の仕事に改めて興味が湧いてきたっていうか……毎日の仕事に流されるだけじゃなくて、もっと郵便について積極的に勉強してみようかなって」

感心したように頷くおじさんに、夏美は照れくさい気分になった。

第二話 ▼ 返してほしい

1

「お電話、ありがとうございます。東京東部郵便局、郵便部コールセンターの結城でございます」

十時半。結城しのぶは、電話回線の向こうにいる相手に向かって挨拶した。

しかし内心では、

――ありがたくなんかない。電話なんて、かかってこなきゃいいのに。

と、思っている。

朝一番に対応した客のせいで憂鬱な気分になっているのだ。良くない兆候だ。

郵便部コールセンターは、一般の利用客からの郵便に関する問い合わせ、ひいてはクレームなどについてもすべて対応している。

この最初の挨拶をするたびに、

――良い人、とまではいかなくても、せめてまともな常識を持った人でありますように。

と、無意識のうちに祈っていたりする。

いや、電話をかけてくる大部分のお客さんは世間一般の常識をわきまえた普通に「良い人」なのだが、たまに些細なことでキレたり、言いがかりをつけてこられたりすると、あとあとまで気分が重くなってしまう。

もちろん顧客ひとりひとりは、電話対応をするコールセンターの女性が自分の前にどんな客とどのようなやりとりをしていたかなど知る由もないし、そんなことを慮る必要もない。

そう思って、電話の向こうの何も知らない顧客には、常に良い印象を与えるよう明るく丁寧な応対を心掛けているのだが、今日に限っては、気がつけばあの不快な客から言われたことを頭のなかで反芻しているありさまだ。

――いけないわ。ああいう人もたまにはいると思って、気持ちを切り替えなきゃ。

幸い、その客の後にかかってきたのは、八十サイズのゆうパックを北海道に送るには料金がいくらかかるかとか、土曜日の窓口は何時まで営業しているかなどといったベーシックな問い合わせばかりだったため、しのぶは、もはや脳に染みついている決まり文句を諳んじるだけでよかったのだが。

——なんだか、暑いな。

六月も半ばを過ぎた。梅雨(つゆ)明け宣言はまだ先だろうが、ここ数日は梅雨の中休みという感じで晴天が続いている。

今日は半袖にすればよかったか、と、しのぶは後悔した。コールセンターでは私服勤務だが、みんな紺地に黄色い縁取りの入った専用エプロンを着けている。

暑いのは、この郵便部の内部構造のせいだった。

一階の郵便局窓口は公道に面しており、建物の右手には一般道路から郵便物を搬入する搬入路がある。

搬入路は建物の裏手の発着場に続いていて、郵便物を積んだトラックやゆうパックを配達する専用車両が頻繁に出入りしている。

その発着場と棟続きの広いスペースが郵便部で、郵便物の搬入や、それに伴う区分などの作業が行なわれているのだ。

しのぶたちコールセンターが所属する『郵便部計画』と呼ばれる内務担当部署は——申し訳程度の仕切りを付けてはいるものの——その作業スペースの一角に机を並べているにすぎず、オフィスと呼べるようなお洒落(しゃれ)な雰囲気は微塵(みじん)もない。

しかも、目と鼻の先の発着場のシャッターは、出入りが頻繁な関係で常時、開放されているため、夏場は熱気を孕んだ外気が入ってくる。エアコンをつけてはいるが、あまり意味がないのだ。

しのぶは電話の相手には聞こえないように溜息を吐くと、天井を仰いだ。

エアコンの風に吹かれて、カモメが舞っている。

かもめーるの宣伝用に厚紙で作られたカモメが、郵便配達員の帽子を被って飛び交っている。

もう暑中見舞いを出す季節なのだ。

とはいっても、LINEだのツイッターだのフェイスブックなどが遠距離コミュニケーションの主流を占める近年、紙の手紙やはがきに対する人々の関心は薄れる一方で、かもめーるの売れ行きはここ数年低迷している。

そして、今日に限っては、しのぶのモチベーションも低迷していた。

2

その客は、話し始めた瞬間から機嫌が悪かった。

コールセンターの電話受付時間は九時から十九時までだが、よほど急いでいたのか、朝の九時を数秒まわった頃に電話をかけてきて、しのぶが応対すると、

「三日前に、埼玉の取引先が発送したゆうパックがまだ届かないんだけど、どうなってるんだ」

と、ほとんど怒鳴るように言った。

声からして年配の男性客で、どうやらその届かないゆうパックの受取人らしい。

「お待たせいたしております。現在の配送状況をお調べいたしますので、お待ちになっているゆうパックの追跡番号を教えていただけますか」

しのぶが自分を落ち着かせながら尋ねると、

「俺は受け取る側なんだ、番号なんて知るかよ」

こうなると厄介である。

ゆうパック、いわゆる小包や書留には、『追跡番号』という十一桁から十二桁の番号が付いていて、インターネットの追跡システムにこの番号を入力、検索すると、発送元の引き受け局から配達局で配達されるまでの過程、つまり郵便物が今どこにあってどの作業段階なのかが確認できる。

逆にこの番号がわからないと、基本的には調べることができないのだが、ストレートにそんなことを言って顧客を突き放すのはタブーである。怒りを買う恐れもあるし、何よりも困っている顧客の身になって、できるかぎりの対応はしてあげるべきだろう。

そう思ったしのぶは、

「埼玉県からですと、ゆうパックなら通常、翌日には当郵便局に到着し配達されるはずでございます。それが三日前に出したものが届かないとなりますと、二つの可能性が考えられます」

と、説明する。

「ひとつは差出人様が、何らかのご事情ですぐには届かないように先の日付を指定しておられる場合、もうひとつはすでに一度、お客様のご自宅に配達に伺ったものの、お留守だったので『ご不在連絡票』を投函して持ち帰っている場合です」

自宅ポストに投函された不在票を、客が見落としているということもよくある。そうであれば、改めて不在票を見つけてもらえばことは解決する。それには、追跡番号が印字されているからだ。

しのぶは淡い期待を抱いたが、客はにべもなく否定した。

「差出人は指定なんかつけてないよ。急ぎで注文した商品で、おたくに着いたらすぐに配達されるはずなんだ。不在票も入っていなかった。おまえらが手を抜いて投函してないんじゃないのか。郵便物を溝に捨てるような連中だ、そういうことだってないとは言えないだろ」

この客は、一昨日（おととい）報道された郵便局員の不祥事のニュースを見たにちがいない。報道されたのは関西方面の郵便局で起こった事件だが、一般の人々のなかには「郵便局なんて、どこも同じようにいい加減なことをやっているんだろう」というふうに決めつける人も多いため、こういうことがある度に、コールセンターの担当者は嫌味を言われる。

「恐れ入りますが、お客様から差出人様に追跡番号を問い合わせていただけないでしょうか」

ゆうパックを発送するさい、差出人は窓口で荷物に貼る伝票の控えを渡されるので、そこに記されている追跡番号を確認できるはずだ。

丁寧に頼んだつもりだが、案の定、客は怒った。

「なんで俺が、高い電話代を払ってまで、そんなことしなきゃいけないんだ。おまえらがまともな対応をしていないんだから、そっちでなんとかしろよ」

しのぶは諦めた。手間ひまはかかるが、これ以上相手を刺激すると、重大なクレームに発展しかねない。

「かしこまりました。不在票は紛れてしまったのかもしれません。もしお客様宛てのゆうパックを不在扱いで持ち戻っているのなら、当郵便局の保管庫に保管されているはずです。該当のゆうパックがないか探し、折り返し連絡させていただきます」

客はぶつぶつ言ったが、しのぶに住所氏名を聞かれて答えると、一応、納得した様子で電話を切った。

コールセンターほど各郵便局によって業務量のちがう部署も珍しい、と言ったのは、郵便部の課長のひとりである。

その課長は、これまでに都内三カ所の郵便局に配属されてきた。しのぶのような時給制契約社員のゆうメイトは基本的に、採用されてから退職するまで同じ郵便局で勤務するが、正社員は何年かごとに異動があるのだ。

郵便局によって、電話だけ取って各部署に用件だけを引き継げばよい比較的楽なコールセンターもあれば、ここ東京東部郵便局のように、電話で客から受けた要件をある程度自分たちで片付けねばならない多忙なセンターもある。

今回のケースにしても、本来はゆうパックセンターの内務がやるべき仕事だと思うのだが、流れでコールセンターがやっているのだ。

もっとも、ここでは集配営業部やゆうパックセンターも多忙を極めるため、彼らもコールセンターに要件を押し付けて自分たちだけが楽をしているというわけではないのだが。

しのぶは同僚に断って席を離れ、ゆうパックの保管庫まで行くと、先程の客の宛て先が書かれたゆうパックを捜した。

学生時代、大企業のコールセンターで仕事をする女性たちにあこがれていた。キャリアウーマン然とした制服を着て、細長い送話器付きのヘッドセットを装着し背筋をピンと伸ばしてはきはきと電話対応をする、そんな自分を想像しては、悦に入っていたものだ。

ところがこのコールセンターは、そんな幻想とは似ても似つかない。古い机に並べられた普通の固定電話、職場には個別のブースもなく、衝立(ついたて)すらないので、郵便物の区分機の音やパレットと呼ばれるゆうパックを積んだ台車を移動させる作業音がしょっちゅう耳に入って来て、客との会話を邪魔されることもしばしばだ。

そして会社から制服ではなくエプロンが貸与されている理由は、埃(ほこり)まみれの力仕事がとても多いからだ。

保管棚の手前には重そうなゆうパックが、でん、と置かれている。しのぶはそれを持ち上げて床に置くと、奥の方に保管されていた無数の小包をひとつひとつ引き寄せては、宛て先の住所氏名を確認していった。

保管庫といっても、郵便部の事務スペースの裏手に設置された棚にゆうパックが置かれているだけで別室になっているわけではないのだが、ここに来ると心持ち埃っぽい気がする。

棚は不在票を投函して荷物を持ち戻った日の曜日ごとに分けられている。

というのは、保管期限の一週間を過ぎても再配達の連絡のないものは差出人に返還するため、曜日ごとに分ければ保管期限内のゆうパックがすべて揃っていることになり、効率的に捜せるからだ。

大多数の受取人は『ご不在連絡票』を見て再配達の希望を伝えてくるため、日数が経つほど、棚のゆうパックは配達に出され減っていく。逆に曜日が最近になればなるほど、荷物の保管量は多い。

件のゆうパックは三日前に埼玉から発送されたそうだから、到着後、一度配達に行って不在票が投函されているとすれば一昨日ということになる。

昨日はもちろんだが一昨日の保管分も多く、四十件を超えていた。

一昨日の保管庫を探しても見つからなかったので、それ以外の物もひとつひとつ確認してゆく。

結局、手を埃だらけにして保管庫をすべて探したが、その客の住所氏名が宛て先に記されたゆうパックを見つけることはできなかった。

暗い気分で客に折り返しの連絡を入れ、事情を伝えた。

「本当に使えないな。差出人に控えを確認してもらうしかないか」

最初からそうしてくれればいいのに、と、思いながら、

「そうしていただけると助かります。よろしくお願いします」

相手に見られているわけでもないのに、受話器を握ってぺこぺこ頭を下げながら、ふと別の考えが浮かんだ。

「念のためご確認いただきたいのですが、差出人様はまだゆうパックを発送されていないということはございませんか」

そして、すぐに後悔した。

「おまえらは自分たちのミスを他人のせいにするのか。いい加減にしろ」

捨(す)て台詞(ぜりふ)とともに、電話はガチャリと切れた。

3

十一時過ぎ。

また、電話が鳴り始めた。

しのぶが、客から依頼を受けて書留の再配達の必要事項を受付票に記入している最

中だった。

　このまま書き終えて配達手配を済ませてしまいたかったが、同僚二人は別の電話で対応中だ。電話を取れるのは自分しかいない。

　他にも、早く書き上げなければならない書類が二、三枚溜まっている。少し迷ったが「早く出ろ」と、言わんばかりに鳴り続ける電子音に負け、

「お電話、ありがとうございます。東京東部郵便局、コールセンターの結城でございます」

　しのぶは事務作業を中断すると、機械的に応対した。

「お忙しいところ、すみません。私、名古屋に住んでおります一柳という者ですが」

　穏やかな中年男性の声が受話器から響いてくる。

「じつは、ひと月ほど前にそちらさま管内の友人宛てに送った郵便物が届かないようなので、問い合わせをしたいのですが、お話ししてよろしいですか」

　客は、しのぶがこのまま用件を聞いてくれるのか、あるいは別に担当部署があって、そっちに繋いでくれるのかと聞いている。

　その遠慮深さに、もしや内心のイライラが声に出てお客さんが引いちゃったのかな、

と反省したしのぶは、意識して丁寧に答えた。

「こちらで伺います。まず、何点か確認をさせていただきたいのですが、お出しになった郵便物は、ゆうパックや書留のように追跡番号が付いているものでしょうか、それとも番号のついていない普通郵便物でございましょうか」

片手で受話器を持ちながら、片手で机の下に設置されているラックから用紙の束を挟んだバインダーを取り出し、机上に置く。用紙には、『不着申告受付票』と、印刷されている。

「普通郵便です。嵩のある物なので、定形外というんですかね」

その後、届け先、つまり受取人の住所氏名と、今電話で話している差出人の住所も聞き取り、しのぶはひとつひとつ受付票に記入していった。

客はその都度、落ち着いた声で、丁寧に必要事項を申告してくれた。

――本当に、ほっとするような話し方……さっきのじじいとはえらい違いだわ。

郵便物の差出人と受取人という立場の違いこそあれ、問い合わせの内容は二人とも同じ、郵便物が届かないという不着申告である。

にもかかわらず、客の態度によってここまでやる気に差が出るのは、相手の人徳というものだろうか。

――お客さんが、みんなこんな人だったらいいのに。

しかも話を聞くうちに、電話の相手――一柳はこれは通常の不着申告とちがって、自分の側に非があるのだと正直に打ち明けてくれた。

「じつは、友人はかなり前に引っ越していて、宛て先に書いた住所には、もう住んでいないのです。私はそれと知らずに旧住所宛てに送ってしまったのです」

旧住所は東京東部郵便局の配達管内だった。

しのぶは受付票を見直すと、先ほど記入した受取人の住所氏名欄の余白に、（旧住所）と記入した。

「受取人様が引越しのさいに転居届をお出しになっていれば、旧住所宛てに届く郵便物は現住所に転送されるはずですが」

「それも確認しましたが、友人の話では、確かに郵便局に転居届を出したが、もう一年半くらい前のことなので、有効期限切れになっているだろうと。その場合、前の住所に送った郵便物はどうなるのでしょうか」

その友人――つまり受取人の言うとおり、転居届の有効期間は一年なので、一年以上経ってしまうと郵便物は転送されず、「あてどころに尋ねあたりません」という判子を押されて差出人に返還されることになる。

しのぶがそう説明すると、

「でも、その郵便物は私の手元に返ってきてはいません。今どこにあるのか、調べてもらうことはできますか」

声の調子からして、よほど大切なものなのだろうか。

それにしても、郵便物を発送して一カ月も経ってから、届かないので調べてくれというのは少々遅すぎるのではないか。

一柳は、しのぶの思考を読んだような申し訳なさそうな様子で、

「日数が経っているぶん、調べるのも大変とは思いますが。最近忙しかったせいで友人とはあまり連絡を取っておらず、てっきり受け取っているものとばかり思っていました。ところが先日たまたま電話で話した時、届いていないとわかったのです」

と、弁解した。

「かしこまりました。まず、お話をうかがうかぎり受取人様の現住所の管轄郵便局には転送されていないと考えられますので、当郵便局内に保管されていないかお調べい

たします」

一柳はしのぶの質問に応じて、先ほど申告した宛て先（受取人の旧住所）や自分の住所氏名・連絡先の他にも、郵便物の形状や大きさ・封筒の色など、詳しい情報を話してくれた。

それによると、該当郵便物は厚みのある定形外郵便物で、中には友人に宛てた手紙とプレゼントが入っているという。

「差し支えなければ、どのような品物か教えていただけますか」

一柳はちょっとはにかむように「お手玉です」と言った。

おもちゃとしては今どき珍しいが、受取人の趣味だろうか。もしかして、古い玩具のコレクターとか。

そんなことを考えながら、しのぶはそれらの情報をひとつひとつ受付票に控えたうえで、念のために確認する。

「宛て先はもちろんですが、お客様——つまり差出人様の住所氏名も、郵便物に明記されましたか」

すると相手はにわかに言葉を濁した。

「その時は急いでいたので、もしかしたら私の名前だけ書いて、住所までは書かなかったかもしれない」

郵便物を発送するさい、たいていの客はそれが自分のところに返還されるとは夢にも思っていないので、こういう人は少なくない。

だがこれを聞いたしのぶは、いたずらに時間と労力ばかりを費やしそうな捜索に一筋の光明を見た。

――この郵便物は、還付不能郵便物の保管庫にあるかもしれない。

何らかの理由で先方に届けられない郵便物は「あて所不明」扱いで差出人に返送されるのだが、その返送先である差出人の住所がわからない場合は、保管庫で三か月間保管され、その後、処分されてしまうのだ。

しのぶはその可能性を説明したうえで、局内を探した後、折り返し結果を連絡しますと伝えた。

そして電話を切る前に、大事なことを思い出して付け加えた。経験上、あとで言うと怒りだす客もいるため、タイミングを逃してはならない。

「なお、もし『還付不能扱い』で局内に保管されていた場合、郵便物は係の者の手によって開封されていると思われます。封書にご住所が書かれていなくても、書類や手紙などの内容品を確認することで、返還先が判明することがあるためです。申し訳ありませんが、この点はご理解をいただきたいと思います」

一瞬、奇妙な沈黙が流れ、しのぶはひやりとした。以前、同じようなケースで対応した際、こう説明をするなり客が激怒したことがある。

「人のプライバシーを覗き見しやがって」と電話口で激昂（げっこう）する客をなだめすかし、最終的には上司である郵便部の氏家（うじいえ）総括課長に電話を代わってもらうはめになったのだ。

「いや、中身は小豆（あずき）ですが」

やっと出てきた言葉は狼狽（ろうばい）しているような声音で、語尾がかすれている。

しのぶは困惑した。

お手玉の中身のことを言いたいのだろうか。こちらは郵便物の封を開けて中のお手玉を確認する意味で言っているのに。

「はい」——

問いかけるようにちょっと語尾を上げると、客ははっとわれに返った様子で、

「わかりました。もちろん結構です。こちらの責任ですから。では、よろしくお願い

します」

と、あわてて取り繕うように、元の穏やかそうな態度に戻って電話を切ったのだった。

4

還付不能郵便物の保管庫は、郵便物の区分作業場の奥にある。あたりには、他局からここに送られてくる大量の郵便物を郵便番号ごとに区分する区分機の作動音が響き渡っていた。

本局クラスの東京東部郵便局は、管轄する地域全域の配達を担っている。管轄内には特定局と呼ばれる小さな郵便局もあるが、こちらは窓口のみの営業で配達は行なっていない。

区分機で配達区域ごとに区分された郵便物は、建物の二階にある集配営業部に交付され、彼らが受取人のもとへ配達する。その際、宛て先の住所が存在しなかったり受取人が記載住所に住んでいないと判断された郵便物は、しのぶのいる郵便部に戻され、差出人宛てに返還される。

しかし郵便物に差出人の住所氏名が記載されていない場合は、返還先がわからないので『還付不能郵便物』として郵便部で保管されるのだ。

しのぶは保管庫を解錠すると、観音開きの扉を開けた。中は上段、中段、下段に分かれており、透明なプラスチックの箱が上段から月順に並べられている。

しのぶは『5月』と手書きされたラベルの貼られた箱を取り出した。

箱の中には、日付ごとに付箋を貼られて輪ゴムで留められた大小さまざまの郵便物がびっしりと詰め込まれていた。

保管庫で探し物をする時はいつも思うのだが、これらの郵便物のなかには、「私は訳ありでして」とか、「主人（差出人）が変人でして」とか盛んに自己主張しているものがある。

例えば、クリスマスシーズンに『さんたさんへ』と、拙い字で鉛筆書きされた可愛い封書などはまだほっこりして微笑ましいが、今見下ろしている封書やはがきの中には、住所の記載もなくゲームのキャラクター宛てのものもある。

しのぶは、つい中の手紙を読んでみたくなる衝動を抑えた。

一柳は先月のちょうど今頃、件の定形外郵便物を発送したという。名古屋からだと、郵便物は翌日か翌々日には東京東部郵便局に到着し、配達のためのルーティンに乗るはずだから、届けることも返還することもできない郵便物はこの『5月』の箱の中に保管されている可能性が高い。

それらしい郵便物を探すのに、苦労はしなかった。手紙などの入った定形郵便よりも一回り大きく、外見もごわごわしていたのですぐにそれとわかった。

他の手紙やはがきと一緒に束ねてあるゴムを外し、宛て先を確かめると、一柳から聞いたとおりの受取人の名前と旧住所がフェルトペンで書かれている。

整った美しい筆跡だ。書き手の性格が良いと、字まで読みやすく心地よいのか、としのぶは感心する。

裏返してみると、『一柳和宏（かずひろ）』と、同じフェルトペンで走り書きされていた。やはり、名古屋の住所は記されていない。だから還付不能になったのだ。

すぐ一柳に見つかったことを報告しよう。喜ぶさまを想像すると、心が弾（はず）んだ。

他の郵便物を元どおり箱にしまって再び保管庫に戻し、鍵を閉めると、しのぶは手に持った定形外郵便物に、なにやら違和感を覚えた。

手の中の茶封筒を観察する。

二重重ねにしたA4サイズの茶封筒は、二つ折りにしてガムテープで封をされていたが、封書の底がカッターナイフで切られ開封されている。にもかかわらず返送されることなくここにあるということは、この中身には、差出人の住所を示すような書類なり品物が、何も入っていなかったということになる。

好奇心に駆られ、しのぶは中身を取り出した。

一柳の申告通り、透明なビニール袋の中にはメモ用紙が一枚と、色とりどりの端切れを縫い合わせたお手玉が三個入っている。

盗み読みするつもりはなかったが、メモ用紙は封筒に入れるでもなく、折り畳むでもなく無造作にお手玉に添付されていたので、嫌でも内容が目に入った。

『お約束の品物を入手したので郵送します。よろしくお願いします』とだけ、宛て名書きと同じ達筆で走り書きされていた。『お約束の品』とは仰々しい言い方だが、貴重なお手玉なのだろうか。

しかもビニール袋は、口を折りたたんでいるだけなので中身を取り出せる。

――そういえば子供の頃、お祖母ちゃんにお手玉を作ってもらって遊んだっけ。

しのぶは懐かしくなった。優しかった祖母は、もう十年近く前に亡くなっていた。

あのお手玉はどうしたんだろう。小学校の低学年くらいだったろうか、しのぶは端切れのとてもきれいな花模様と、中に入っている小豆のシャカシャカとした独特の感触が気に入って夢中になって遊んだものだ。

しのぶはお手玉を手に取ると、落とさないように注意しながら次々と空中に放ってみた。

――あれ。

ふと、お手玉をキャッチする時の感触が、記憶とちがうと思った。

――小豆って、こんな感じだったっけ。

首を傾(かし)げるのと同時に誰かの視線を感じ、しのぶは慌ててお手玉を受け止めた。

見ると、区分機の横に立った氏家総括課長が、こちらを見て固まっている。

「す、すみません」

しのぶは顔が熱くなり、お手玉を急いで封書に戻すと、そそくさとコールセンターに戻っていった。

「そういうわけで、ご申告内容に合致する定形外郵便物を発見いたしましたので、報告させていただきます。中にはやはりお手玉が入っておりましたので、間違いないと思われます」

しのぶが早速、一柳に折り返すと、安堵と喜びの声が返ってきた。

「本当に、ありがとうございます。元はといえば私の不注意で、お手数をおかけしました」

そう言われてしのぶもうれしくなったが、この還付不能郵便物をこれからどうするかという話になると、客の意向次第で対応が分かれる。

「いかがいたしましょうか。この場合、転居された受取人様の転居届が期限切れになっていたとのことですが、もし受取人様の方で届けを再度提出していただければ、転居届は更新され、この郵便物も現住所に転送のうえお届けできます」

一柳の答えは明快だった。

5

「いえ、この郵便物を受け取るためだけに受取人にそのようなことをお願いするのは、私としても心苦しいのです。難しいことは承知していますが、できれば差出人である私に一度返していただきたいのですが」

相変わらず丁寧だ。それに、

——この人、ひょっとして郵便業務に詳しいのかな。

しのぶはふと思った。

というのは、差出人を名乗る人物が電話で名乗り出たといっても、厳密には本人確認ができないため、この郵便物が還付不能であることに変わりはないからだ。

差出人に郵便物を返還する場合、一般的には返還先への郵送、もしくは差出人本人が窓口へ来局して、自身の住所氏名を証明する運転免許証、健康保険証、マイナンバーカード等を提示し、本人確認をしたうえでの窓口交付となる。

しかしこれはあくまで、郵便物に差出人の現住所と氏名が明記されていることが前提だ。今回の場合そうではないため、いずれの方法をとるにしても差出人の名前のみの確認となり、住所に関しては真偽を明確にすることはできない。

つまり通常処理としては、返還できないのだ。

ずいぶん疑り深いようだが、個人情報に関わる犯罪が多発している現在では、当然のことといえる。

しのぶはそれを説明したうえで、

「申し訳ありませんが、責任者にご意向を伝えたうえで相談させていただきます。少々お待ちください」

と、自分の権限を越えていることを伝えた。

一柳は慌てて引き留める。

「いろいろご迷惑をおかけしますが、そのお手玉はとても大切な物なのです。仕事柄、東京にはたびたび出向いているので、写真付きの証明証を持ってそちらさまの窓口へ行ってもいい。そこで私の免許証の番号を控えてもらっても結構です。どうかよろしくお願いします」

しのぶはさすがに驚き、なんだか気の毒になってきた。このお手玉は、よほど大事な思い出があるにちがいない。

コールセンターの後ろの席に陣取っている郵便部計画担当、氏家総括課長には、こんなこともあろうかと一柳から申告のあった時点で、この件を報告しておいた。

しのぶは電話を保留にすると、氏家に再度、相談する。

「やはり、お客様は返してほしいそうです。しかも、わざわざ名古屋から、窓口に来てもいいとまで仰っているのですが」

ちなみにこの場合の「窓口」は、通常の郵便局窓口ではなく、郵便部に属する「ゆうゆう窓口」である。ここでは、一度不在票の入ったゆうパックや書留などを直接、郵便局に取りに来た客に窓口交付するだけでなく、時には今回のような対応も行なっている。

しのぶと客とのやり取りを背中で聞いていたらしい氏家は、頷いた。

「まあ、今回のケースでは、内容品もお客様の申告どおりだし、少なくとも郵便物に名前は書かれている。ご本人に間違いないでしょう」

内容品が高価な金品ではないことも、管理者の裁量で返還してよいだろうという判断につながったようである。

「しかも、ゆうゆう窓口に本人が来てくれるというのはありがたい。お客様の言うとおり、ご来局のさいは証明資料のコピーを取るよう窓口担当者に引き継いでください。それと、念のため現物のコピーも取っておくように」

しのぶは頷き、内心ほっとしながら受話器を取って保留を解除した。

「責任者の判断で、今回だけはゆうゆう窓口にて返還させていただきます」

氏家の指示を伝えると、一柳は喜んで感謝し、

「それでは、今日中に伺います」

と、当然のように答えたのだった。

6

一柳は、東京東部郵便局への来局は夕方十七時か十八時頃になると言っていた。

しのぶは鳴り続ける電話の切れ目を縫って、十四時三十分頃、ようやく休憩を取ることができた。四十五分間の昼食タイムである。

今日の日替わりメニューは何かな、と考えつつ、三階の食堂へ向かう。

階段の天井にも、カモメが飛び回っていた。

噂(うわさ)によると、カモメたちにも縄張りがあるらしく、一階のカモメは郵便部が、二階のカモメは集配営業部が、階段のカモメは総務部が作っているという。

「くだらねえ。まず、かもめーるの売り上げを伸ばすことが先決だろうが」

局内にはそう陰口を叩く者もいるが、しのぶはというと、可愛くていいんじゃないの、と単純に思っている。

階段を上りきって食堂の前までやって来ると、入り口の前に置かれたイーゼル状のメニュー立てにパウチされた厚紙が乗っている。厚紙には「本日のメニュー」という見出しが横書きに印字され、その下に料理が品書きされていた。

カレーやラーメンなどは毎日変わらない定番メニューだが、曜日ごとに日替わりメニューが決まっており、これはメインのおかずにご飯と味噌汁、漬物がついて六百円だ。

今日、火曜日は『さばのピリ辛揚げ　ポテトサラダ添え』だ。

しのぶはこれに決めた。

さらに、メニューの下に掛けられたホワイトボードが目に留まる。

「青魚には、DHA、EPAという良質の脂が豊富に含まれています。これらを積極的に摂ることで、うつ病の予防にもなります」

昨日まで、こんなものはなかったはずだ。たぶん食堂の店長、上條(かみじょう)さんが新しく始めたのだろう。

——そういえば、一柳さんからの電話があるまで、午前中はちょっと落ち込んでたな。

今朝の出来事が、脳裏に蘇る。

仕事なのだから、仕方がない。不特定多数の客と電話でやりとりをするのがコールセンターだ。気分よく対応できる相手ばかりとはかぎらないし、今回のように嫌な思いをすることもある。

幸い、物事をあまり引きずらない性格だ。あのくそじじいのことも、すぐに忘れられるだろう。

現に二、三日前にも嫌なことがあったのは覚えているが、それが具体的にどんなことだったかは、よく思い出せない。

——でも、これって逆に、記憶力に問題があるのかな。

気がつくと、すでにカウンターに並んでいて、上條が日替わりメニューを盛り付けてくれているところだった。

すぐ後ろには、同じ郵便部でゆうゆう窓口を担当する顔見知りの石崎加奈子が並んでいる。

二人は、カウンター近くのテーブル席に向き合って座った。

「それにしても、名古屋から新幹線に乗って、わざわざお手玉を取りに来るなんて変わった人ね。しかも、今日の今日なんて」

氏家総括課長の指示に従い、ゆうゆう窓口担当の加奈子にはあらかじめ用件を引き継いであり、加奈子も、

「OK。メンバーに共有しておくね」

と、快く引き受けてくれている。

「お手玉は、大事な品なんだって」

しのぶはジューシーなさばの揚げ物を頬張った。唐辛子の粉を加えた片栗粉をまぶして唐揚げにしたらしく、ピリッとした辛みがアクセントになっている。

「いいな。加奈ちゃんは窓口でお話しできて。字もうまくて優しそうな人だったから、きっとダンディーなおじさまだよ」

加奈子の目つきは、

——私、あんたのその性格の方が羨ましいんだけど。

と、言っているように見える。

「いやいや。女性もそうだろうけど、男ってのは、そんなに単純なもんじゃあないよ」

声がしたので顔を上げると、テーブル席の側に二人の話を聞いていたらしい白衣姿の店長、上條が立っていた。客が途切れたので、世間話でもしに来たのだろう。

いつも快活な上條だが、今日はそれに加えてしのぶたちの話に興味津々といった様子だ。

「えーっ。単純じゃないって、何か魂胆があるってことですか」

不意を突かれた形だが、しのぶはわざと心外そうに聞いてみる。

上條には、給料日前で懐が寒かった時に親切にしてもらった恩があり、好感を持っているのだ。

しのぶたち八時間勤務のゆうメイトは、四十五分の休憩時間の他に、十五分の休息を取ることができる。その日、いつもなら食堂の自販機で百円か二百円するチョコや菓子パンなどのおやつを買って食べるところを、しのぶは一杯七十円の紙カップ入りコーヒーを飲むだけで済ませようとしていた。

それを見ていたらしい上條が、

「今度メニューに加えようと思っている試作品だから、五十円でいいよ」

と言って、小鉢に盛った大学芋をくれたのだ。普通にメニューになったら、百五十円くらいはするだろう。

お礼を言って五十円払ったあと、それまで名前を知らなかったしのぶは、カウンター横に掛かっているプレートを改めて確認した。

そこには、『衛生管理者・上條渉』と、書かれていた。

しのぶの回想をよそに、上條は明快に答える。

「決めつけるつもりはないけど、行方不明になっていた定形外郵便物が、還付不能だっけ、その中で見つかった当日に、名古屋からわざわざ取りに来るっていうのが引っかかるね」

「それって、怪しいってことですか」

加奈子も興味深げに問う。

「別におかしくないですよ。そのお客さんが言うには、東京には勤務先の会社の本社があるからたびたび行き来している。今日も仕事のついでに寄るから、みたいなことを言っていたので」

と、しのぶ。

「そこだよ。ひと月も経ってるんだから、今さら探しても見つからないかもしれない。でも大事なものだし、駄目もとで郵便局に問い合わせてみよう、普通はそう考える」

言われてみれば、そのとおりだ。

「つまり、見つかったらうれしいけど、現実的にはあまり期待できない状況ってことですね」

加奈子も表現を変えて肯定する。

「ところが、問題のお手玉の入った郵便物を、思いがけず結城さんが見つけてくれた。半ばあきらめていたものが見つかったんだ。その人は本当にうれしかっただろう。それはわかる。その後、結城さんから提案を受けた」

上條が催促するような視線を送ってきたので、しのぶは自分と一柳のやりとりを思い出しつつ、反芻してみる。

「受取人様が新たに転居届を出してくれるのなら、郵便物を転送し、本来の目的どおり今の住所に届けることができますよって説明したんです。でもお客さんは、差出人である自分に返してほしいって言って……てっきり郵送してくださいって言われるのかと思ったんですけど」

一柳が窓口に取りに行きます、と即決で申し出た時は、確かに少々意外な気がした。

上條は頷く。

「お手玉が見つかること自体、予想外のことだったんだ。普通なら、見つかった後のことまで考えていないよね。じゃあこの後、どうしようかなって、にわかに考え始めた時に、結城さんからさっきの提案を受けた。受取人にそんなことを頼むのは心苦しいっていうのもわかるけど、僕なら少なくとも迷うね。相手に相談してみようかな、くらいは考える。だって、転居届を出してもらうことで郵便物を受取人に送るのは正当な方法だけど、名前しか書いていなかった差出人に返すなんて、きみが言うように本来はできない対応なんだろう」

「ええ。今回だけは氏家総括の裁量で、便宜を図ってさしあげたんです」

一柳にとってお手玉は、一刻も早く受け取りたいと思うほど大切な物だった。だからついつい、強引な態度に出てしまった、とも考えられるが……。

「上條さんは、一柳さんの決断が速すぎるのが不自然だって言いたいんですか」

つい、客の名前を口に出してしまった。

「それだけなら不自然とは言えない。世の中には、決断力や行動力に秀でた人は大勢いるからね。でも、そんなに大切なものなら、受取人に届いているかどうか、もっと早くに確認するんじゃないかな。なぜ今日まで放っておいたんだろう」

しのぶは黙ってしまった。上條の疑問は、もっともだ。

「その人は、探し物が東京東部郵便局の還付不能郵便物の保管庫の中にあることを、あらかじめ知っていたんじゃないか、そんな印象を受けるんだよね」

一柳に対して好意を抱いていたしのぶだったが、不安になってきた。

「でも、中身はただのお手玉ですよ。ほかに何も怪しい物なんて入っていなかったわ」

「そうですよ。窓口で免許証を見せてもらって何の問題もなければ、お手玉はお渡しできますよ」

加奈子も、自分が窓口で対応しなければならないだけに、あとあと後ろめたい思いをしたくないのだろう。怪しいといっても、結局は推測の域を出ないと顔に書いてある。

「そのお手玉だけど、結城さんは現物を見てるんだよね。何か変わったところはなかったかい」

「そういえば……」

最初に封筒を手に持った時、何やら違和感を覚えた。そのあとお手玉でつい遊んでしまった時も、昔遊んだ時の記憶とは違う感じがしたのだ。

しのぶがそのことを話すと、上條は興味深げに頷いた。

「一柳さんの言うように小豆が入っているにしては、おかしな感触だったと思うんだね」

「なんとなくですけど」

「でも小豆って、確かにお手玉に入れるにはオーソドックスですけど、別に小豆じゃなきゃダメってわけじゃないでしょ」

加奈子は何やら心当たりがあるらしい。

「石崎さんの言うとおり、小豆の他にもトウモロコシや大豆、数珠玉(じゅず)なんかも使われている。土地柄や人の好みによっても違うんだろう。最近では、ペレットというプラスチック製のビーズを入れたりするそうだ」

——上條さんって物知りだな。

しのぶは感心した。しのぶ以外にも、いろんな局員とよく話しているし、好奇心が強くて疑問に思ったことを調べずにはいられないのかもしれない。

「昔は小豆が一般的で、戦時中は食料が十分になかったため、子供のお手玉を解いて家族で中の豆を食べたりしたらしい」

ぜんざいか、お汁粉にでもしたのだろうか。

「それで、お手玉の中身がなくなったため、お母さんは子供のためにお手玉に河原の砂利を入れて代用した。元の小豆の心地よい感触とは似ても似つかぬ粗悪品になったそうだ」

「それって、遊ぶだけで手が疲れそう。なんか、かわいそうだな」

しんみりする加奈子を尻目に、しのぶの脳裏に閃光が走った。

先刻の違和感の正体がわかったのだ。

――そうだ、重かったんだわ。

保管庫からお手玉の入った封筒を持ち出そうとした時、お手玉三個にしては、少し重いような気がした。個別ではそれとわからないほどの重量差でも、三つまとめてみるとわかるものだ。

「なんだか時間を取らせちゃって、悪かったね。それじゃ」

カウンターに、トレイを持った社員が数人並んだ。従業員のおばさんが、せっせとご飯を盛りつけるのを見て、上條はあわててテーブル席を離れた。

「心配だったら、総括課長にそれとなく相談してみたらどうかな」

と、しのぶに耳打ちするのを忘れずに。

心配させるようなことを言ったのは自分のくせに、と、わずかに顔を引きつらせながら、しのぶは氏家総括課長の顔を思い浮かべていた。

その目つきは、「この忙しいのに、余計な仕事を持ち込まないでくれよ」と、訴えていた。

7

それから三十分後、氏家総括課長は慎重な面持ちで、しのぶに持って来させた裁縫用の鋏(はさみ)を使って例のお手玉の端切れの縫い糸を切ろうとしていた。

課長の机の上には、残り二つのお手玉と茶封筒が置かれている。

心なしか、はす向かいの席に座って書類を作成中の森田（もりた）郵便部長も、パソコンの陰から、ちらちらとその様を観察しているようである。

てっきり嫌な顔をされると思っていたのだが、休憩から戻ったしのぶが、

「氏家総括。お忙しいところすみませんが、先ほどの還付不能郵便物の件で気になることが……」

と、言って相談を持ち掛けると、マウスを動かす手を止めて耳を傾けてくれた。

「まさかとは思うが、念のため調べてみましょう。さっきのお手玉をこっちに下さい」

意外な展開に、つい「本当にいいんですか」と念押ししそうになるしのぶを尻目に、封筒を受け取った氏家課長は、お手玉を出して感触を確かめたりしていたが、だんだん表情が険しくなり、ついに中身を直接確認することにしたらしい。何事もなければ、再度縫い合わせるつもりだろう。

そういえば以前にも、これと同じように意外な展開を辿（たど）った事例があった。

あれは半年ほど前、客からの電話で、「昨日、都内から発送してもらった郵便物がまだ届かない。中身は今日の午後に乗る予定の新幹線のチケットだ。すぐに捜して届けてほしい」という無茶苦茶な要求をされた時である。

「届け先が同じ都内ならば、平日十七時までに発送した普通郵便物は翌日中に配達される」というのは、あくまで予定であり目安である。実際には物量が多くて配送のトラックに積み切れなかったり、便が遅れたりということがあって、翌々日の配達になることも多い。

実際に配達を担当している集配営業部に確認したが、その日のこれからの配達分には、該当郵便物はないことがわかった。

あとは、到着したばかりで現在、郵便部で区分作業中の郵便物の中にあるということも考えられたが、量が膨大なため、その中から該当郵便物を捜すことは、他の業務を中断して応援を呼ばなければできないくらい無理な話だった。

だいたいそんな大事なチケットを、速達あつかいにもせずに前日に発送させる客の方も軽率だと思う。

つまり、客にはそれらの事情を伝えて断ることもできたのだ。

しかしその時たまたま、東京東部郵便局のトップである本宮（もとみや）局長が所用で郵便部に来ており、しのぶが郵便課長に判断を仰いでいるのをそばで聞いていた。

「大変なのはわかるが、その郵便物がすぐに見つからなければ、今日しか使えないチケットが無駄になってしまう。ここは困っているお客様のために、なんとか探して差しあげてくれ」

要するに局長の鶴(つる)の一声で、社員総出で捜すことになり、ようやく見つかったのだ。

——まさか、今回も局長のお声がかかったのかしら。まんいち犯罪絡みだった場合も考えて、真相を究明しろとかなんとか。

だから、普段は慎重な氏家総括も客のお手玉の糸を解くなんていうコンプライアンス違反すれすれのことをあえてやっているのか。

一瞬浮かんだ考えを、しのぶはすぐに否定した。

確かに今のこの雰囲気は、上席者の裁量が通常の業務マニュアルを越えた、あの時のものとよく似ているが、考えてみれば局長がこの件を知っているはずはない。

通常業務に戻るように言われていたが、しのぶはお手玉の中身が気になって仕方がない。ちょうど電話のコール音が途切れたのをいいことに、座ったまま振り返って後ろの席の氏家の手元を盗み見た。

糸を切って縫い目を小さく開いた氏家は、ちょうど机の上にお手玉の中身をあけたところだった。

茶色い小豆が、机の上にコロコロと転がる。

だが転がったのは、小豆だけではなかった。

——えっ。

しのぶは目を瞬(しばた)いた。

——ちょっと待って。あれは何。

課長の机の上には、燦然(さんぜん)と輝きを放つ無数の石があった。もちろん砂利ではない。

「もしかして、ダ、ダイヤですか」

しのぶより先に、コールセンターの先輩である菊池洋子(きくちようこ)が頓狂な声を上げた。

他の同僚たちもしのぶと氏家の会話を聞いていたらしく、気になってチラ見をしていたらしい。

「嘘。ビーズじゃないの」

「あれがビーズに見えるか。ダイヤモンドだよ」

「偽物よ。お手玉からダイヤが出てくるわけないわ」

周りにいた社員やゆうメイトが、一斉に騒ぎ出した。しのぶは言葉も出てこない。

気がつくと、父が母に送ったダイヤの指輪を思い浮かべていた。

――あれって、〇・五カラットだったよね。ならこれは、一カラットか、一・五カラットはあるかしら。

喧騒（けんそう）の中でどうでもいいことを考えていると、集団心理に煽（あお）られたかのように、電話が一斉に鳴り始めた。だが彼らの耳には入らない。仕事そっちのけで、鳴るに任せている。

「静かに」

いっぽう氏家総括課長は、動揺を巧みに押し隠していた。いつの間にか、森田部長も傍らに立っている。

「みんなは自分の業務に戻りなさい。あとは、われわれが対応する」

そう言って、目で鳴り続ける電話機を指し示す。

しのぶたちは仕方なく電話を取り、気もそぞろに対応し始めた。

背後で、部長が自席の電話の受話器を持ち上げて番号をプッシュする気配がした。

8

一柳がゆうゆう窓口に現れたのは、その日の夕方、十八時ちょっと前のことである。しのぶの想像どおり、外見は落ち着いた感じのダンディーな中年男だった。

応対した石崎加奈子はさすがに硬くなっていたが、森田部長直々の指示を受けて、笑顔を引きつらせることなくいつもどおりの態度で臨み、事前に約束していたように提示された免許証のコピーを取り、

「ありがとうございます。差出人様のご本人確認が取れましたので、こちらの郵便物はお返しいたします」

と、お手玉の入った封書を渡した。

五分後に急落する自分の運命を夢想だにしない一柳は、ほっとしたような面持ちで礼を言い、ゆうゆう窓口を後にした。

9

「名古屋の窃盗団、一網打尽になったんだってな」

「ああ。ずいぶんと世間を騒がせていたからな」

食堂のテレビに映るワイドショー番組では、先ほどからその事件が繰り返し報道されている。

みんな、自分の職場の窓口にその窃盗団の幹部が現れたのを知っているのだ。噂はその日のうちに、東京東部郵便局全体に広がっていた。

彼は郵便局を出たところで、待ち構えていた刑事たちに任意同行を求められ、その後、逮捕されたという。後でわかったことだが、一柳という名前も本名ではなく、免許証も偽造されたものだった。

窃盗団は中国人と日本人から成り、半年ほど前から名古屋をはじめとする東海地方の宝石店に押し入っては盗みを繰り返していた。

先月、愛知県警は内偵のすえに怪しい者たちを特定して家宅捜索を行なったが、結局、盗まれた宝石類は見つからず捜査は難航していた。一柳と名乗る男が逮捕されるまでは。

「やあ、大変だったね」

上條が、しのぶと加奈子の座るテーブル席にやってくる。

「でも、きみたちはよくやったよ。不審に思ったことをちゃんと上司に報告し、冷静に対応した。警察の人たちも、感謝していたそうだね」

――いいえ。そうじゃないわ。

と、しのぶは思った。

総括課長に相談できたのは、上條が助言してくれたからだ。それがなかったら、不審に思ったことなどすぐに忘れて、盗品のダイヤを犯罪者の手にみすみす返してやるところだったのだ。

「あの人、還付不能システムを悪用して、盗品のダイヤを隠そうとしたんですね」

やはり一柳――本名がわからないのであえてそう呼ぶが――は、還付不能の仕組みをよく知っていた。以前、郵便局に勤めていたのか、あるいは客として何らかの経緯があり詳しく知ることになったのかはわからない。もしかしたら彼本人ではなく、窃盗団のメンバーにそういう者がいたのかもしれない。

はっきりしているのは、彼らがこのシステムに目を付け、一時的に宝石を隠す場所として郵便局を利用できると考えたということだ。

一柳が件の定形外に書いた旧住所はでたらめではなく、確かに存在するものだったが、受取人は架空の人物だった。

おそらく彼らは、宝石を手に入れはしたものの、いずれ自分たちに警察の捜査が及ぶことを予測していたのだろう。

そこで悪知恵を働かせて、お手玉にダイヤを隠し、それを全くでたらめの受取人宛てに発送した。

最初から還付不能あつかいで数か月間、郵便局内に保管されるのを見込んで差出人の住所を書かずに発送し、警察の目を逃れようとしたのだった。

そう考えると、電話対応中に不審に思った一柳の言動にも納得がいく。

しのぶが、還付不能扱いになっているのであれば、一柳の出した郵便物は係員の手によって開封されている可能性があることを告げ、了承を求めた時だ。

それに対して一柳は、「中身は小豆ですが」と、何ともとんちんかんな受け答えをした。あの時は困惑しただけだったが、今となっては相手の心中も察しがつく。

彼は、犯罪を隠蔽しているやましさと警戒心から、とっさに『開封』の意味を取り違えてしまったのだろう。封筒を開けて内容品のお手玉を確認するという意味だったのに、とっさにお手玉を解いて中身を見られるとイメージしてしまい、そうなってはまずいと焦った結果、あんな言葉が口を突いて出てしまった。

しのぶは聞いてみた。

「上條さんは最初から知っていたんですか。あのお手玉の中にダイヤが入っていたことを」

上條は、白衣の胸の前で手を振った。

「まさか。そこまではわからなかったよ。ただ還付不能に限らず、郵便局のシステムが犯罪に利用される事例は、これまでにもあったからね。それもヒントになったんだ」

「えっ。どんな事件ですか」

加奈子は興味津々だ。

「他局の話だけど、五年くらい前に『裏帳簿事件』というのがあってね」

上條が話してくれたのは、脱税に手を染めていたあるＩＴベンチャー企業の社長の話だった。

今回の還付不能の件とは若干異なるが、関係者に金を掴ませて国税局のガサ入れ情報を入手したこの男は、彼らの目を欺くため裏帳簿を含めた脱税の証拠書類を、沖縄の離島宛てに発送した。

ただし、宛て先に書かれた住所は町名までは正しいが番地は存在せず、もちろん受取人も架空の人物であった。

この封書は離島の郵便局まで送られたが、そこで「宛て所不明」と判断され、郵便物に記載された差出人の住所である東京へ戻されてしまう。

男の手元に裏帳簿が返ってきたのは、発送してから十日以上経った頃のことだった。

そしてその時には、すでに国税局の査察は空振りに終わっていて、犯人はまんまと脱税の事実を隠しおおせたのだ。

「この手口が巧妙だったのは、郵便物が宛て所不明で差出人に返還されるかどうかは、現地の郵便局に着くまでは判断できないことを、犯人が知っていたからなんだ」

「そうか。発送元の郵便局では郵便番号が正しければ、それ以上のことはいちいち確認せずに発送しますからね」

しのぶは考え込んでしまった。

「そうだね。離島の住所のなかでも町名のあとの番地が存在するかどうかは、インターネットで検索してもそうそう正確に確認できるわけじゃないし、ましてやそこに特定の受取人が現住しているかどうかとなると、これはもう離島を管轄する郵便局の住民台帳を――」

「配達原簿です」

配達原簿は集配営業部が管理している、いわゆる個人情報の塊だ。

「そう、その配達原簿を確認しないことにはわからないわけだ」

この配達原簿は、昔は分厚い紙の台帳だったが、現在ではデータ化され、配達局のパソコンの中で厳重に管理されている。それは配達局内部でのみ閲覧できるデータであり、たとえ同じ郵便局同士であっても他局からアクセスすることはできない。

「まあ、彼はその後、悪運尽きて別件で逮捕され、この事件も余罪を追及する過程で明るみに出たんだけどね……って、結城さん。お手柄だったのに、なんだか元気なさそうだね。どうしたの」

しのぶは、溜息を吐いた。

「私、人を見る目がないのかな」

上條が、意外そうに目を瞬く。

「その犯人と電話で話した時、本当に穏やかそうで、良い人だなって思ったんです。でもそれってみんな、私たちを騙してダイヤを手に入れるためのお芝居だったんですよね」

「電話でちょっと話しただけで、相手の本心なんてわからないわよ。私なんか、窓口で直接、お客さんの顔を見て対応しているけど、相手がどんな人かなんて見当もつかないもん」

加奈子が慰めてくれる。

「そうだよ。気にすることはないさ。それに大部分のお客さんは、きみが思っているように悪意のない人たちだと思うよ」

上條は、励ますように補足する。

「物事は単純に考えた方がいい。うつ病の予防にもなるし、それでたいていのことはうまくいくって」

——上條さんが言うと、全然説得力ないんだけどな。

先日この食堂で、一柳がいかに怪しいか穿ってみせた上條を思い出して、しのぶは内心で独りごちた。

10

休憩を終えて郵便部に戻ってきたしのぶを、氏家総括が待ち構えていた。

「結城さん。お客様からきみに、かもめーるで暑中見舞いが届いているぞ」

「えっ」

意外なことに驚いていると、氏家ははがきを差し出した。

差出人を見ると、「岩倉賢治郎」と書かれている。

——げっ。あのくそじじいじゃないの。

先日、ゆうパックが届かないと言ってしのぶに保管庫を探させたあげく、使えないと罵ってきたあの年配の客だ。

宛て名書きを見ると、「東京東部郵便局　郵便部コールセンター　結城さん」とある。

まさか、かもめーるを買ってまでクレームの上塗りをするつもりなのか。

おそるおそる文面を読んでみると、

『拝啓。初夏の候、東京東部郵便局の皆様におかれましては、時下益々ご清祥のこととお慶(よろこ)び申し上げます』

字面も硬ければ、文章も固い。

『先日は届くはずのゆうパックが届かないことで焦っており、結城さんには、局内の保管分を探してもらった揚げ句、見つからなかったことで、ずいぶんひどい言い方をしてしまいました。

しかし感情的になる私に対して、結城さんは落ち着いて丁寧に対応してくださり、その後、助言してもらったとおりに取引先に問い合わせたところ、なんと先方のミスでまだ発送されていなかったことが分かったのです。結城さんの推測どおりでした。

差出人が急いで荷物を発送してくれたため、昨日、無事に受け取ることができました。自分の浅はかさを恥ずかしく思います。結城さんにはひと言お詫(わ)びをしたく、またぜひ上司の方にも知っていただきたいと思い、筆を取った次第です。

私はしがない個人事業主ですが、今後ともよろしくお願いいたします。敬具』

「集配営業部の外務課長の話によると、このお客様は、かもめ～るを五十枚購入してくれたそうだ」

と、氏家は補足した。

「こんな手紙をくれるなんて、良い人ですね」

恥ずかしいのはこっちの方だ。

――くそじじいだなんて（心のなかで）罵ったりして悪かったな。

この人は、黙って済ますこともできたはずなのに、わざわざかもめーるで自分の思い違いを告白し、詫びてくれた。

自分だったら、相手に対して悪いことをしたとは思っても、ここまではしない気がする。日々の忙しさを言い訳にして、そのうち忘れてしまうのではないだろうか。

残り四十九枚のかもめーるは、時候の挨拶を書いて取引先や知人に出すのだろう。

電話対応した時の印象は最悪だったのに、今はおのずと誠実で礼儀正しい人柄が感じられる。

――私ってやっぱり、人を見る目がなかったな。

と、反省しつつも、しのぶはまんざらでもない気分に浸っていた。

正直いって、郵便局のコールセンターの仕事はきつい。

学生時代にあこがれていたようなスマートなイメージとは程遠く、エプロンはあるがお洒落な制服も近代的なオフィス環境もここにはない。お中元やお歳暮の繁忙期になると、汗と埃とストレスにまみれた日々が延々と続く。

それでも今回のように、思いがけず人の心の温かさに触れると、とても幸せな気分になれる。

人の感情に向き合い、丁寧に対応していく仕事もなかなか悪くない、としのぶは思った。

第三話 ▼ ゆうパックを追いかけて

1

秋風が吹いてきて、くわえた煙草（たばこ）の火を明滅させる。

日中は残暑が厳しかったが、九月も半ばになると、朝晩は涼しい風が吹くようになった。

東京東部郵便局集配営業部・ゆうパックセンターの配達員である青山則之（あおやまのりゆき）は、腕時計を見た。

時計は二十時三分前を指している。

――そろそろ戻ろうかな。

青山は、煙草の火を地面でもみ消すと、制服の胸ポケットから取り出した携帯用灰皿に吸殻を入れた。

立ち上がって、すぐ近くの路肩に停（と）めてあるゆうパックを積んだ配達車両に向かって歩いていく。

今夜は十八時から二十時までと、十九時から二十一時までの配達指定をされたゆうパックが比較的少なかったため、十九時四十五分には配達は終わっていた。

しかし最後の二十時から二十一時までの時間指定ゆうパックが七件ほど残っており、時間がくるまで公園で一服していたのだ。

本音を言えば、次の時間帯の分も続けて配達し、さっさと終わらせて帰りたかった。実際、十五分くらい早く配達に行っても大して変わらないだろうと思うのだが、客の中には、

「荷物を受け取るために、時間指定をした二十時ぴったりに帰ってきたのに、すでに不在票が投函されていた。早配されたおかげで急ぎの荷物を受け取れなかった」

と、クレームをつける人もいるので注意しなければならない。

まあ、お客さんの立場に立てば気持ちもわからなくはないが、最近は神経質で苛（いら）つきやすい客が増えているような気がする。

青山がいま配達車両から目と鼻の先の公園で一服しているのも、そういう理由による。

車内で常煙していた頃だが、配達先のゆうパックの受取人から、ゆうパックセンターへクレームが入ったことがある。

「通販で産地直送してもらった苺が煙草臭いです。配達員の人が喫煙しながら配達していたのではないですか。弁償してください」

と、言われた。

結局、苺は「郵便事故」扱いで弁償することになり、青山はセンター長から厳重注意を受けた。

それ以来、臭いにはよくよく注意している。

腕時計で再度、時間を確認し、キーを挿し込んで車のドアを開けようとする。

その時、青山の鼻と口を布のようなものが塞いだ。

とっさに首をひねると、背後に背の高い男が立っている。一瞬もみ合いになり、泳がせた右手が男のつけていたマスクをはぎ取った。

しかし抵抗もむなしく、青山は昏倒した。

2

翌日、東京東部郵便局の二階にある集配営業部は、朝からピリピリとした不穏な空気に包まれていた。

しかし客からの電話はそんな空気を読むことなく、普段どおりかかってくる。

今もゆうパックセンターの電話が鳴った。

「はい。東京東部郵便局、ゆうパックセンターです」

内務担当のゆうメイト、海老沢道隆が応対する。四十五歳で、入社十五年目のベテランだ。

「私、おたくの郵便局管内に会社がある城島義之という者ですがね」

これだけで、得意先の城島建設の会長だとわかった。

「これは城島様。いつもお世話になっております」

海老沢は、そつなく挨拶する。

城島建設は、大手ではないが関東一円に根付いた中堅どころのゼネコンで、東京東部郵便局の窓口には専用の私書箱があり、料金後納契約を結んでいる郵便部に郵便物の大量発送なども頻繁に発注している。

もちろん集配営業部にとっても得意先であることに変わりはなく、ゆうパックセンターに至っては、ほぼ毎日、城島建設が発送するゆうパックの集荷に行っている。

城島義之は、三年前に息子の義邦に社長を継がせ、自身は会長となって一線を退いたが、息子の手腕を頼りなく思うのか、あるいはまだ経営に関わっていたいのか、完全に隠居を決め込むわけではなく、郵便局にも時々、本人が電話をかけてきたりする。

「いや、今日は会社のことじゃなくて私個人の用件なんだがね。昨日の夜、自宅に届くはずのゆうパックが、ずっと待っていたのに結局こなかったんですよ。何かあったんですか」

ぎくりとした。

城島建設に関しては、会社はもちろん会長の個人宅の住所もよく知っている。

海老沢はゆうパックセンターの配達員はすべて把握しているが、どちらも二十八歳の若手、青山が担当している配達地域だ。

「申し訳ありません。すぐにお調べします。城島様宛てのそのゆうパックですが、時間指定はされていましたか」

「二十時から二十一時の指定です。差出人が私の在宅している時間にあわせて設定してくれたんですよ」

海老沢の額にじわりと冷汗がにじんだ。

――まさか、昨夜の青山くんの一件と何か関係があるのか。

青山は、昨夜ゆうパックを配達中に何者かの襲撃に遭い、麻酔薬を嗅がされたそうだ。昏倒しているところを会社帰りの通行人が発見し、病院へ搬送された。

それが昨夜八時半ごろのことだ。

幸い命に別状はなく間もなく意識も取り戻したため、今朝は病院で警察の事情聴取を受けているという。

海老沢の席から五メートルほど離れた応接スペースでは、集配営業部長の内藤(ないとう)と、ゆうパックセンター長の平泉(ひらいずみ)が、警視庁の刑事と話し中だった。

3

青山が運転していた配達車両には、何者かに物色された形跡があったが、車に積まれたゆうパックは盗まれていないことが判明した。

青山自身の私物も無くなってはいない。これは、昨夜のうちに病院に駆けつけた平泉センター長が確かめている。

なお、車内に残された二十時から二十一時指定のゆうパックについては、警察の現場検証が終わった後、局内に残っていた社員総出で手分けして配達を終えた。

幸いゆうパックに貼られているラベルにはすべて、それぞれの受取人の電話番号が書かれていたので、事前にひとりひとりに連絡してお詫びしたうえ、遅れる旨を伝えておいた。それで大事に至らずに済んだのだ。

青山は電話で、車内に残っていたのはそれら七個のゆうパックだけですとはっきり言っていたし、その日の授受簿の記録とも一致していたため、その時間帯のゆうパックが盗まれていたということはあり得ない。

しかし、だとすると城島会長の言っていることとは矛盾する。

「城島様。恐れ入りますが、昨日届かなかったゆうパックの追跡番号はわかりますか」

お問い合わせ番号とも呼ばれるゆうパックの追跡番号は、差出人がゆうパックを発送するさい、荷物に貼るラベルに表示されている。このラベルは通常、何枚かの伝票が複写になっていて、発送時にそのうちの一枚は控えとして差出人の手元に残る。

通常、受取人にとっては実際にゆうパックを受け取るか、留守時に投函される「ご不在票」に印字されている数字を見るまでこの番号はわからない。

しかし今の口ぶりから、城島は直接、差出人と連絡を取り合う仲のようだ。もしかすると、差出人から聞いているかもしれない。

案の定、城島はこう答えてくれた。

「知ってるよ。発送元の会社の担当者が前もって教えておいてくれたからな。先方は今朝、ゆうパックの追跡データというのを確認して、昨日の夜の指定をしたはずなのに『お届け済み』の表示が出てこないとかで、心配して荷物がちゃんと届いているかどうか確認の連絡をくれたんだよ。配達に来なかったと言ったら、首をひねっていた。担当者は昨夜の十九時ごろ、追跡情報を調べたら確かに『持ち出し中』になっていたので、予定どおり私の家に届くものと安心していたのに、と言っていた」

海老沢は電話口で相手が読み上げる追跡番号を控えると、パソコンの郵便局内追跡システムで検索した。これは顧客がインターネットで追跡できる内容に加えて、正確な時間や担当者の名前など、より詳細な内容が確認できる。

データ上の記録は、9月15日15：20『引受』（銀座郵便局）→9月15日0：30『中継』（新東京郵便局）→9月16日06：05『到着』（東京東部郵便局）となっている。

このデータを要約すると、ゆうパックは一昨日の午後、銀座郵便局で発送され、その後、中継局である新東京郵便局を経由して昨日の早朝に東京東部郵便局に到着したということになる。

ここまでの履歴は残っているが、昨夜、つまり十六日の十九時頃に、発送元の担当者が確認したという『持ち出し中』のデータは見当たらない。

そして『到着』の後には、今日、9月17日の日付で『転送』データが入力され、履歴はここで止まっていた。

予想外のことだ。

データ上でも確認できるが、このゆうパックは昨日二十時から二十一時の配達指定がつけられており、受取人も配達先の住所に在宅していたと言っている。

にもかかわらず、それらもろもろの事情を無視して、宛て先に届けられることなく、別の地域へ転送処理されているのだ。

もちろん、ゆうパックセンターの他の担当者が処理したのだろうが、何かの手違いとは思えない。

――これはもしかしたら……。

万年ゆうメイトではあるが、社員以上に経験豊かな海老沢は、ある特殊な状況に思い当たった。

「もしや城島様は、このゆうパックの宛て先の住所であるご自宅から、別の地域への転居届をお出しになっているのではありませんか」

転居届は、その名のとおり住居を移転した場合などに旧住所宛てに届く郵便物を転居先の新住所に無料で転送するサービスである。

これはなにも引っ越しをした場合に限ったことではなく、現住所は変わらないが長期の出張とか、知人宅への長期滞在で家を空ける場合などにもよく利用されている。

会長宛てのゆうパックは、その届け出に則ってこれから他県へ転送される手はずになっている——そう考えれば、辻褄が合う。

城島が転居届を出した本人であるならば知らないはずはないのだが、なかにはゆうパックは郵便物ではないと勘違いして、転居届は適用されないなどと勝手に思い込んでいる客も時々いる。

「そういえば出しているな」

城島はあっさり認めた。

「日時指定をされていても、転居届が出されている場合はそちらが優先になりますので、お客様にお断りすることなく自動的に転送されます」

海老沢は丁寧に説明した。

「なるほど。転居届を出していたせいで、今月いっぱいは転送先の長野にいることになっており、宛て先になっている東京の自宅ではなく、転居届に書いた長野に運ばれるんだったな」

電話口で高圧的な口調で話す城島は、組織のトップが持つ貫録を漂わせている。

「例年、七、八、九の三カ月は家内と一緒に東京の自宅を離れて、長野県の作野(さくの)にある別荘で過ごしているんだよ。だからその期間だけ郵便物を別荘に転送してもらうために毎年、転居届を出しているんだ」

しかし今回、急ぎの商用ができたため、予定を早めて自宅に帰ってきたのだ、と城島は言う。そのため差出人には自宅宛てに商品を送ってもらったものの、つい転居届を解除するのを忘れていたそうだ。

「ブツはまだお宅のところにあるんだろう。急いでいるんだ。なんとか宛て先どおりの現住所で受け取れないかね。転居届の件はこちらにも非があるが、届けを出した私が宛て先の自宅で待っていて、そこで受け取る分には、問題ないんじゃないのかね」

城島は、命令に近い口調で頼んできた。

どうやら彼は、電話をしながらスマホかパソコンを操作しているらしい。発送元の担当者に倣って、インターネットで自分宛てのゆうパックの追跡情報を確認しているのだろう。

データ上は東京東部郵便局での『転送』で止まっているため、ゆうパックはまだここにあると思っているにちがいない。

必ずしもそうとは限らない。すでにゆうパックを乗せた輸送便のトラックが東京東部郵便局を出てしまっている場合でも、中継局に着くまではこのデータのまま変わらない。

だからいっそのこと、「大変恐れ入りますが、このゆうパックはすでに長野への転送便に乗せられ、東京東部郵便局から発送されてしまいました。もう当局にはありませんので、転送先でお受け取りください」と、言ってしまえば楽なのだが、あいにく海老沢は嘘がつけない性分だった。

城島の思い込みは当たっている。転送便の出る時間までには間があるから、現物はまだ局内にあるはずだ。

しかしそれを言うと、城島はますます今いる自宅に届けろと言って譲らないだろうし、だいいち便が出たから届けられないのではなくて、転居届のルールに則って届けられないのだ。

海老沢は顧客に対し、無責任な言い逃れをしてはならない、と思い直した。

城島は、さらに詰め寄った。

「家内も一緒にこっちに戻ってきているし、別荘には管理人も置いていない。このまま転送しても、受け取れる者がいないんだ。あんたたちにとっても、転送するのは無駄な仕事じゃないかね」

確かに、作野の転送先で受け取る者が誰もいなければ、配達を担当する作野郵便局によって別荘に不在票が投函され、七日間保管されたのちに「保管期間経過」によりゆうパックは差出人に返送されることになる。

これから転居届を解除することも可能ではある。具体的には郵便局の窓口で前回とは逆の転居届、つまり作野から東京への転居届を出せばよいのだ。もしくはインターネットを使って、日本郵便のホームページからも同様の申告ができる。

問題なのは、解除、つまり新たな転居届が受理されるには、申告日から数えて三日から七日の日数が必要になるということで、すぐにでも配達を希望している城島が納得するわけもない。

彼はなおも詰め寄った。

「他の郵便物については新たに転居届も出すし、しばらく待ってもかまわない。だがこのゆうパックだけは、今日中に受け取りたいんだ」

海老沢は、

「申し訳ありませんが、転居届はゆうパックを含むすべての郵便物に対して適用されるものであり、特定の郵便物のみ宛て先に書かれた旧住所に届けるといった例外的な対応はできかねます。同様の案件で、過去に犯罪なども起こっておりますので、何卒ご理解をいただきますようお願いいたします」

と、説明した。

ルールを守ることに、頑なにこだわっているわけではない。

オレオレ詐欺のような巧妙な成りすまし犯罪が多発している現在、重要な個人情報である転居届に関しては、例外を作ってはならないのだ。

電話の向こうの城島会長が偽物だなどというつもりは毛頭ないが、一度例外的な対応をすれば、その後も相手の都合に合わせて便宜を図ることが常態化してしまう。そして、いずれは犯罪者に目を付けられ悪用されるだろう。

その時、被害を被るのは、お客様自身なのだ。

城島はしばらく黙っていたが、

「それなら、また長野くんだりまで行って受け取らなきゃならないのか。今週は立て込んでいるんだ。参ったな」

相手のうんざりした顔が目に浮かぶようだ。

――そういうことになります。

それを口に出すことはできなかった。

それにしても、と海老沢は考える。

今の言い方からして、会長は自分が作野まで行くことを考えて苦り切っているようだが、たとえ別荘に管理人や友人がいないとしても、一国一城の主なのだから、作野に秘書か誰かをやって代わりに受け取らせることもできるのではないか。

それなのに、自分の手で受け取ることにやたらとこだわっているように思える。

確かに今回は個人的な案件だと言っているし、公私混同はよくないという殊勝なポ

リシーの表れなのかもしれないが、あるいは、

――よほど大切な品なのかな。

そう思って何気なくパソコン上の追跡データに視線を戻した海老沢は、はっと気がついた。

先刻はあわてていたため見落としていたが、郵便物の種別欄に、『セキュリティゆうパック』と表示されている。

これは貴重品だ。中身はうかがい知れないが、高額な絵画や貴金属、宝石などを輸送する際に利用されることが多い。通常のゆうパックに付加できるオプションサービスのひとつで、もし、輸送中に事故などがあって破損、盗難など不測の事態が発生した場合、郵便局の補償制度に則って実損額が賠償される。

だから城島は、直接受け取ってその場で中身を確認しないと安心できないのだろう。

「城島様。このゆうパックはセキュリティ扱いになっていますね」

「うむ。差出人がそういう扱いで発送してくれたのでね」

「恐れ入りますが、それでしたらなおさら、正当処理で転送したうえでのお受け取りをお勧めします。まんいちの場合の補償にも関わりますので」

「仕方がないな。わかりましたよ」

さすがに組織のトップ、こういう話をすると聞き分けが良い。しかし嫌味を言うのも忘れなかった。

「けどね、そんなことだから、あなたがた郵便局は、いつまで経ってもお役所日の丸だって言われるんだよ」

——親方日の丸の間違いだろう。

「民営化されて何年経つんだね。客の利便のために融通を利かせる、そういう柔軟なシステムを構築するべきじゃないのかね。これじゃあ、先行きが思いやられるよ」

城島はそう言い捨てると、電話を切った。

犯罪による被害を防ぎたいというこちらの気持ちも知らず、自分の都合に沿わないからといって勝手なことを言う城島に腹が立った。

いっぽうで、これだけで済んだことにほっとしていた。

その後、休憩時間に入る少し前に、なんとなく気になった海老沢は他局転送用のパレット（ゆうパックの大量移動に使う扉付きの大型の台車）の置き場に行き、中にあった城島宛てのセキュリティゆうパックを確認した。

高額な品をあれこれ想像はしていたが、ゆうパックラベルの品名欄には『インゴット』と記入されている。

一瞬の間をおいて、海老沢の脳は『金塊』と翻訳した。

差出人を見ると、「株式会社・宮田貴金属　担当・牧村」とあった。銀座に本社のある、金の買取りや投資で有名な会社だ。

城島は資産運用のため、金を買ったにちがいない。

——さすがに金持ちは、俺ら一般人とは届くゆうパックまで違うのか。

客のプライバシーを覗き見た後ろめたさを「あくまで業務上の確認のため」と言いくるめながら、海老沢は新潟の実家の母が時々送ってくれる米やら野菜やらの入った自分宛てのゆうパックを思い出していた。

——一生かかったって、俺宛てに金塊の入ったセキュリティゆうパックなんか届かないだろうな。

苦笑しながら、昼飯は何を食べようかな、と考えた。確か今日——木曜日の日替わりメニューは豚の生姜焼きだったはずだ。

生姜焼きは、海老沢の好物だった。

4

食堂の前にやって来て素早く今日の献立に目を走らせた海老沢だったが、メニューを見るなり、「あ」と落胆の声が出た。

トップに記されていた『豚の生姜焼き』が、横線で消されているのだ。これは「売り切れ」を意味する。

海老沢はカウンターに並んだ。

配膳用のカウンターは、社員たちが食事をとるテーブルや椅子の並んだホールと厨房を仕切っており、厨房の中では店長の上條と従業員のおばさんが働いている。

厨房側のカウンター脇には大きな炊飯器と味噌汁の鍋が並んでおり、おばさんがそれら副菜の盛り付けとレジを担当していた。

その奥には流し付きの調理台とガスコンロが設置されていて、さらに壁際に大型冷蔵庫や電子レンジなどが並んでいる。

上條は、営業時間前にその厨房内の調理台で料理を作っているらしい。

食堂が開く時刻の少し前に調理を済ませて、腹をすかせた社員が入ってくるや、コンロにかけた鍋や調理台に並べた大皿やタッパーから出来立ての料理を盛り付けできるように待機しているのだ。

スープのだしをとるなどの仕込みは、前日の営業時間終了後に、おばさんと一緒にやっているらしい。

なお、台車に野菜やクーラーボックスを積んだ業者と時々エレベーターで一緒になることから推測すると、食材の調達には生協の配達システムを利用しているようだ。

海老沢は、今日も奥の調理台に向かっている上條と目が合った。

「上條さん、生姜焼き売り切れなの。楽しみにしていたのに」

未練を断ち切れずにわかりきったことを聞く海老沢に、

「すみません。ついさっきだったんですけど」

上條は苦笑する。

「売れ筋なんだからさ、もっとたくさん作ってよ」

「そうですね。検討しておきます」

海老沢は仕方なく、『チキンカツ定食』を注文すると、配膳カウンターに並べられた付け合わせの小鉢を物色し始める。

　アルバイトのおばさんがにこやかにご飯と味噌汁をよそっていると、上條も奥の調理台から、盛り付けたチキンカツの皿を持ってカウンターに寄ってきた。

「聞いているかもしれないけど、昨日はゆうパックセンターの青山くんが、誰かに襲われて大変だったんだ。まあ大事には至らなかったんだけどね」

　海老沢は付け合わせにほうれん草の白和え（しらあ）えの小鉢を取ると、キャッシュトレイに硬貨を並べつつ話しかける。

「さっきも、センターに警察の人が来ていたんだよ――あ、おばさん。ご飯は大盛にしてね」

　上條は笑みを浮かべると、意味ありげな目つきで食堂の一角を指し示した。

　視線の先には、制服を着た集配営業部の内務や外務の担当者が集まっている。

「青山くん」

　その輪の中心にいる人物を見て、海老沢は思わず側に寄った。

「昨日はびっくりしたよ。もう退院してもいいの」

「ああ、海老沢さん」

青山は照れ臭そうに、頭を掻いた。

「心配かけちゃってすみません。念のためいろいろ検査してもらったけど、どこにも異常はないそうです。入院の必要もなくて、事情聴取が済んだ後は帰宅しました。今日は報告のために寄ったんですよ」

昨日の一件を詳しく報告した後、平泉センター長と内藤部長からは、今日の勤務はいいから帰って休めと言われたらしい。

「明日からまた、配達に戻ります」

「ひどい目に遭ったのに大丈夫かい。まだ犯人も捕まっていないんだろう」

「人手不足ですからね」

青山は笑ったが、内心は不安に違いないと思う。

何しろ、犯人はおろかその動機すらはっきりしないのだ。盗まれたものがないうえに、青山も人に恨まれるような心当たりはないという。

これまで個人的に顧客からクレームをつけられることはあったものの、それは青山に限ったことではない。いろんなタイプの客の家に郵便物を届ける配達員は、ほぼ全員がなんやかんやと似たような苦情を受けている。それに海老沢の見るかぎり、青山は注意されたことにたいしては素直に反省し、以後は同じ失敗を繰り返すこともない。だいいち、配達員の態度が少々気に障ったからといって、仕返しに闇討ちを仕掛ける客がいるとは思えない。

やがて一緒に話していた集配営業部の同僚たちも、それぞれの勤務に戻っていった。

青山は帰宅する前に昼食をとろうと社員食堂に来たところ、同僚に捕まったらしい。

海老沢は、相席で定食を食べることにした。

「いやあ、事情聴取には参りましたよ。犯人の人相とか、色々聞かれたんですけど、どんな顔だったかなんて、口で説明できるもんじゃないですからね」

海老沢は驚いた。

「きみは犯人の顔を見ているのか」

「ええ。襲われた時、振り向いたんです。でも一瞬だったので、ほとんどわからないんですけどね」

海老沢は、城島が話していた発送元の担当者が確認したという『持ち出し中』のデータのことが気になっていた。

「そういえば青山くんは、昨日の夜の配達で、城島建設の会長宛てのゆうパックを持ち出そうとしなかったかな。二十時から二十一時の指定が入っていたはずなんだけど」

青山は、塩焼きにした秋刀魚(さんま)から器用に白身を取り分けながら頷いた。

彼が言うには、確かに城島会長宛てのゆうパックが、発着担当の郵便部から配達用に交付されていたが、青山は転居届が出ているのを知っていたので、車に積み込まずに置いて行ったという。

梅雨明けの頃、会長宅にゆうパックを配達に行ったところ、「今年もそろそろ作野に行くから転送をよろしくな」と城島本人に言われたのだそうだ。

配達員は担当する配達区域がほぼ決まっているので、地域のお客さんと顔見知りになる者も多い。

青山はその時、たまたま発着所にやって来ていた同じゆうパックセンターの内務である高木弥生(たかぎやよい)に、転居届の件を告げて荷物を渡し、転送処理を頼んだのだという。

たしかに社内データを見るかぎり、『転送』データの入力担当者は高木になっていた。

ゆうパックとちがって、手紙、はがき等の一般郵便物の配達を担当している集配営業部では、このような行き違いはまず起こらない。集配営業部では、早朝からのアルバイトを雇って人海戦術にものを言わせ、配達に出かけるまでに、転居届のチェックを全て済ませてしまうからである。

しかし部署が違うため、彼らはゆうパックのチェックまではやってくれない。

本来なら、荷物系郵便物を配達するゆうパックセンターの内務が、転居届のチェックをしなければならないのだが、人員が圧倒的に少なく、人手が足りなかった。

海老沢ら内務の人員はたったの五人。しかもシフト制なので常に五人いるわけではなく、常勤しているのは三人くらいだ。この人数で、顧客からの電話対応はもちろん、保管期限切れゆうパックの返還対応、宛て所不明ゆうパックについては差出人への問い合わせなどもしなければならず、ただでさえ手いっぱいなのだ。

会社がゆうパックセンターに人員を割いてくれない理由のひとつとして、一般郵便物と比べて、ゆうパックは転送されるケースが比較的少ないことが挙げられる。大事な荷物を送る際、差出人は受取人にあらかじめ連絡を取って現住所を確かめてから送る場合が多いためである。

そんなわけで、転居届のチェックに関しては内務ひとりひとりの裁量にまかされている状態だ。

なんとかやってきてはいるが、それでも時おり転居届が見落とされて空き家に不在票が投函されたり、客本人から「旧住所宛てに発送されたゆうパックが、転居届を出しているのに転送されてこない」といったクレームを受けることもあるのだ。

ちなみに青山ら配達員も、転居届の有無を確認できる配達原簿を逐一閲覧することはできるのだが、こちらもメインの配達業務が逼迫（ひっぱく）しているので、とてもそこまで手がまわらない。

海老沢は青山に、先程かかってきた城島からの電話の内容を語った。

「えっ。城島さん、東京に戻って来ていたんですか。ゆうパックが届くのをずっと待っていたなんて、なんだか悪いことをしたなあ」

「きみは正当処理をしたんだ。便宜を図ったりしていたら、それはそれで問題だよ」

「その話、詳しく教えてもらえませんか」

二人が顔を上げると、テーブル脇に上條が立っていた。

5

上條は、二人の話を聞いていたらしい。

海老沢は城島との電話のやりとりを、さらに詳しく説明した。

この夏に郵便部で起こった『お手玉ダイヤモンド事件』は、今では東京東部郵便局内で知らない者はいないほど有名だが、あの事件の犯人逮捕には郵便部の上席者の他に、どうやらこの上條が陰で一役買っていたらしいという噂が、一部で流れていたからである。

上條は、城島会長がゆうパックが届かないことで今朝、発送元の担当者と電話でやりとりをしたというくだりに興味を持ったらしい。

「その人はたぶん、海老沢さんがラベルに書かれているのを確認した宮田貴金属の牧村さんという担当者でしょうね」

そう前置きしたうえで、

「ここで青山くんに聞きたいんだけど、夜の配達時間帯が指定されたゆうパックを持ち出し――つまり車に乗せて配達に出発するのはだいたい何時ごろなの」

「十八時ちょっと前から十八時三十分の間くらいかな。昨日は確か、十八時十五分くらいにここを出ました」

ゆうパックに時間指定をつけることができる夜の配達時間帯は、十八時から二十時、十九時から二十一時、二十時から二十一時の三通りあり、これらの時間帯指定が付けられたゆうパックはまとめてこの時間に持ち出されるのだ。

「つまり、『持ち出し中』のデータはその直前に、きみが業務用携帯端末で車に積み込むゆうパックのラベルのバーコードをひとつひとつ読み込んで入力するわけだ」

青山が頷くのを横目で見ながら、海老沢は感心していた。上條が時々、局員らに郵便業務のことを教わっているのは聞いていたが、こんなことまで知っているとは思わなかった。

上條は、質問を続ける。

「だけど青山くんは、郵便局を出発する前に、城島会長宛てのゆうパックを見つけて転居届が出されていることを思い出し、結局、持ち出さずに内務の高木さんに渡して転送を依頼したんだろう。それが大体十八時十五分だったんだよね。その時に、一度入力した『持ち出し中』のデータを削除しなかったの」

データを取り消さなければ、インターネットで追跡している一般の顧客たちは、実際には局内に置いていったゆうパックが配達に持ち出されていると勘違いするのではないか、と言いたげである。

「ああ、それは……」

青山は頭を掻く。

「時間も迫っていたし、そのままにして配達に出ちゃったんですよね」

「そういう場合は、いちいちデータを消さないんですよ。忙しいし、どのみち内務で『転送』データを入力すれば、一般のインターネットに出ている『持ち出し中』の表示は自動的に消えちゃうからね」

海老沢は援護した。

「なるほど、それでわかりました。今朝の海老沢さんと城島会長とのやり取りでは、たしか会長が宮田貴金属の牧村さんと電話で話した際、彼は昨夜の十九時ごろ、念のためにインターネットの追跡情報を確認したら『持ち出し中』になっていた、と言っていたそうですね」

海老沢は頷いた。

「つまりその時点では、まだ『転送』データは入力されておらず、『持ち出し中』のデータはそのまま残っていた。だから牧村さんは、指定した二十時から二十一時の時間帯に間違いなく届くものと思っていたんです」

話が不穏な方向へ転がり始めているのをひしひしと感じる。

「駄目押しに教えてほしいんですが、昨夜の配達時間帯指定がされていたもので、結果的に配達に行かなかったのは、その城島会長宛てのゆうパックだけですか」

「そうだよな」

海老沢と青山は、顔を見合わせて頷き合った。

「怪しいですね」

上條の不穏な声が、人のまばらになった食堂に響く。

6

「上條さんは、青山くんを襲った犯人が狙っていたのは、その城島会長宛てのゆうパックだって言いたいの」

海老沢はおそるおそる聞いてみた。

「だと思います。昨日の事件で何も取られなかったのは、青山くんの配達車両の中に、犯人が捜していたものがなかったからですよ」

「そうなんですか」

間の抜けた声が上がる。

「じ、じゃあ、城島さんが僕を襲った犯人なんですか。昨日、車の中にあのゆうパックがなかったもんだから、怒ってセンターに電話をかけてきたとか」

青山の短絡ぶりに、海老沢は慌てて異議を唱えた。

「いや、それは違うよ。会長は転居届のことをすっかり忘れていて、昨日の夜、ゆうパックを受け取るつもりでずっと待ってたんだ。待ってれば受け取れる物を、わざわざ危ない橋を渡って強奪する理由がないだろう」

「海老沢さんの言うとおりです。そんな大それたことをしたのは、むしろ差出人の方だと思いますね」

上條は、あっさり決めつけた。

「まま、待ってくれ」

それはそれで、短絡すぎやしないか。

「差出人は、宮田貴金属の社員の牧村さんだよ。受取人と同じで、自分が発送したゆうパックを、なんで強奪する必要があるわけ」

「わかりません」

上條は頭を掻いたが、

「でも、売り手と買い手とでは明らかに立場が違いますからね。僕たちにはうかがい知れない内部の事情があるのかもしれません」

と、真顔になった。

「セキュリティゆうパックの中身が金塊だってことを知っていれば、第三者の誰にも物盗りの動機はあるんじゃないのかな。相当高額な物だろうし……そもそも上條さんはなぜ、牧村さんが怪しいと思うんだい」

「城島会長と牧村さんの電話でのやりとりが、どうも引っかかるんですよ」

あの会話のどこが怪しいというのだろう。海老沢は会長の口から直接、内容を聞いたが、別段おかしなところはなかったと思う。

内心の抗議が顔に出ていたのか、上篠は、

「さっきの追跡データの話ですが、通常『持ち出し中』のデータの後に入るのはどんなデータですか」

と、逆に質問してきた。

「『お届け先にお届け済み』か『ご不在持ち戻り』のどちらかだろう」

配達の手順からして、まず、郵便局を出て、配達先に向かっている状態が『持ち出し中』で、配達先を訪問しお客様にゆうパックを手渡した時点で、配達員は手持ちの業務用携帯端末を使って『お届け先にお届け済み』のデータを入力する。

いっぽう配達先を訪問しても受取人が不在でゆうパックを渡せなかった場合は、『ご不在持ち戻り』のデータが入力されるのだ。

「牧村さんは城島会長に、昨夜七時ごろ、念のためインターネットでゆうパックの追跡情報を確認したら、確かに『持ち出し中』になっていたから、てっきり届くものと思っていた、と話した——これが普通のゆうパックだったら、このデータを見ただけで安心するのもわかりますが、これは高額な金塊の入ったセキュリティゆうパックですよ。担当者としては、『お届け先にお届け済み』のデータを確認するまでは気を抜けないのでは。牧村さんにしてみれば、大口の契約が支障なく成立するのを見届ける意味もあるはずですからね」

しかも牧村は、今朝になって「お届け済」のデータが表示されないことに気づいて心配になり、城島会長に連絡をしたと言っている。

「彼はなぜ、昨夜のうちに『持ち出し中』以降のデータを見なかったのか」

海老沢も青山も、言葉を発することができなかった。

「見なかったのではなく、見ることができなかったのではないか。なぜなら彼はその間、青山くんを襲いに向かった可能性があるからです」

実際には、目当てのゆうパックは転送扱いになって局内に置いて行かれたのだが、牧村は『持ち出し中』のデータがそのまま残っていたことで、移動中の配達車両の中にあるものと思い込んでしまったというのだ。

「海老沢さん、城島会長との電話の件は、センター長と集配営業部長の耳に入れておいた方がいいと思います。昨日の件で、警察の人も出入りしていることですし」

なぜ、上條がそんなことまで知っているのか。

当惑気味の海老沢の心中を読んだように、

「少し前、刑事さんたちが食堂にお見えになって、生姜焼きを召し上がりましたよ」

——俺の生姜焼きを横取りしたのは、あいつらだったのか。部外者のくせに、ちゃっかり社員食堂を利用しおって。

海老沢の憤慨をよそに、上條は慎重な顔になる。

「でないと次は、転送先の作野で配達員が襲われる可能性があります」

二人とも、今度こそ絶句した。

7

車に乗る前にマナーモードにしておいたスマートフォンが、胸ポケットでぶるぶると震えた。

表示を見ると、海老沢からメッセージが入っている。

――もう作野に着いた？　みんなきみの噂をしているよ。

――いえ、まだ車の中です。

返信メッセージを入力中に、車両が急なカーブにさしかかり、指が滑って『送信』をタップしてしまった。もっと状況を伝えるつもりだったのに。

間髪を容れず、海老沢が再送信してくる。

――大丈夫？　嫌なら、今から断ってもいいと思うよ。

――大丈夫です。警察の人もいろいろ気を使ってくれてるし。てっきり電車で行くことになると思っていましたが、送ってもらって助かっています。

——上條さんも心配しているよ。くれぐれも気をつけてね。

青山は、スマホのデジタル時計の表示を見た。

十三時十三分。海老沢が「食堂の」と、断らないところをみると、まさにいま東京東部郵便局の食堂で、昼飯を食べながらスマホを操作しているにちがいない。側に当の上條が立っていて、海老沢のスマホを覗き込んでいる様子が目に浮かぶようだ。

本当なら今日から配達の仕事に戻るはずが、思いがけず警視庁の刑事達と一緒に、長野県の作野郵便局に向かう羽目になっている。

覆面とはいえ、こうして二人の刑事と一緒に警察車両に乗せてもらっていると、なんだか悪事でもしでかして警察署に連行されていく道中であるかのような錯覚を覚える。

車は上信越自動車道を西へ向かって走っていた。少し前から何回かトンネルを通り抜けており、山岳地帯を進んでいるのがよくわかる。

青山はメッセージアプリを閉じると、インターネットで日本郵便のホームページから郵便追跡サービスの画面を開いた。

すでに暗記している十二桁の追跡番号を入力する。城島会長宛てのセキュリティゆうパックの番号だ。

データは昨日の東京東部郵便局での『転送』から新東京郵便局の『中継』を経て今朝、長野県内にある作野郵便局に『到着』となっている。

しかし、まだ『持ち出し中』にはなっていない。

通常、受取人も差出人も転送先での初回配達日時を指定することはできないが、今日の早朝にゆうパックが到着しているのだから、午後早いこの時間には配達に出ていてもおかしくはない。

だが今回は、作野郵便局に青山らが到着するまでは配達に持ち出さず、件のゆうパックを厳重保管するよう要請されているのだ。

海老沢さんは心配性だなあ、と思いながら青山は苦笑した。

海老沢は、もともと配達担当として入社したと聞いている。しかし何年か勤務するうちに腰を痛め、ゆうパックセンターの内務、つまり事務方に籍を移したのだ。

そのせいか、外務の配達員のことを何かと気にかけてくれ、青山も入社したての頃からいろいろと世話になっている。

――お母さんみたいだな。

今回のことでは両親にも心配をかけたが、二人とも青山が作野に行くことを止めたりはしなかった。

青山はゆうメイトとして入社八年になるが、高校を卒業後、二年ほど、いわゆる「引きこもり」と呼ばれていた時期があった。

卒業してすぐ入った就職先は、三カ月で辞めてしまった。その後の就職活動もなかなかうまくいかず、気がついたら部屋にこもりがちになっていた。

二年経って、さすがにこのままではいけないと思い始めた頃、母方の叔父が郵便局の配達員の募集広告を持って来てくれた。配達員ならポストに手紙を配達するだけだから一人でできるし、時給も悪くないから気楽に始めたらどうだと勧められた。

今思えば、親や親戚は藁（わら）にも縋（すが）る思いだったのだろう。

それは、入社して初めてもらった給料から二万円を母にあげたところ、その場で泣かれてしまったことでわかった。

それ以来、体力的にきついと思うことはしばしばだが、親の期待と、集配営業部の上司や先輩たちが気遣ってくれる手前、辞めるに辞められなくなった。

青山は真面目に配達を続け、二年前から宅配部門のゆうパックセンターで地域担当を任されるようになったのだ。

今では、この仕事を辞めたくなかった。

海老沢や同僚たちの前では明るく振舞っていたが、本音はあの事件以来、ひとりで配達に出ることに対して恐怖心が膨らみつつあり、なんとかしなければと思っている。

いっぽうで上條が言ったように、城島会長のセキュリティゆうパックの転送先である作野郵便局の配達員を自分と同じような目に遭わせてはならないという気持ちもある。

だからこそ上司と警察から今回の件を打診された時、即座に行きますと答えたのだ。

8

昨日、休憩時間を終えてゆうパックセンターに戻った海老沢は、平泉センター長に城島会長との電話でのやりとりを詳しく報告した。

上條の指摘どおり、会長宛てのゆうパックを発送した牧村が青山を襲った犯人で、何らかの理由で荷物を取り戻したいと考えているならば、彼はすでに件のゆうパックが長野に転送された経緯を会長から聞き知っていると思われる。

というのは、インターネットの追跡システムで『お届け済み』のデータがいっこうに入らないばかりか、代わりに『転送』のデータが入力されているのを見て不安になった牧村が、会長に再度電話して事情を聴いてもおかしくないからだ。

何も知らない城島会長にしてみれば、ゆうパックが作野の別荘に転送されることを牧村に伝えるのは、ごく自然なことだろう。

上條が「作野でも配達員が襲われるかもしれない」と警告したのは、ゆうパックの所在を知った犯人がまた同じ行動を起こすかもしれない、という意味だったのだ。

内藤部長と平泉センター長からの情報提供で事態を把握した警察も、迅速に対応した。

犯人は逮捕したいが、できればこれ以上の罪を犯させたくない。そこで彼らは、青山に協力を要請したのだ。

9

十四時をまわった頃、警視庁の覆面パトカーは長野県北部にある作野郵便局に到着した。

刑事らと一緒に、二階の応接室に通される。

テーブルの上には、見覚えのあるセキュリティゆうパックの箱が置かれていた。昨日、東京東部郵便局から転送された城島会長宛てのゆうパックだ。

——犯人は、これを狙っていたのか。

青山が複雑な気持ちでいると、背広姿の初老の男が、郵便局の配達員の制服を着た四十前後の男を引き連れて部屋に入ってきた。

「初めまして。局長の畠山(はたけやま)です」

初老の男はそう名乗ると、傍らの屈強そうな男を紹介する。

「こちらは、ゆうパックセンターの及川(おいかわ)課長です」

「私が配達に行きます。よろしくお願いします」

及川は若輩者の青山を見て律儀そうに頭を下げた。

「こ、こちらこそ」

あわてて青山も頭を下げる。

その後、応接室のテーブルの上には作野郵便局の配達区域一帯の地図が広げられ、城島会長の別荘のある南作野と、そこまでの道順が示された。

「お客様の別荘までは、車で約三十分というところです」

勝手知ったる及川が説明する。

青山が配達に同行することは事前のやりとりですでに決まっていたので、打ち合わせは何点かの段取りを確認するだけで済んだ。

待ち受けているであろう犯人は知る由もないが、今回は配達員が担当地区宛てのゆうパックを複数積み込んで配達にまわる通常業務とは違い、及川課長が青山とともに配達するのはこの一個だけである。

ゆえに、これから城島会長の別荘へと直行することになるのだ。

十五時をまわった頃、青山は及川課長とともに、ゆうパックの配達車両に乗り込んだ。そして通常、ゆうパックを満載しているはずの後部の荷台には、警視庁の刑事二人が傍目ではそれとわからないように隠れて同乗した。

五分ほど走ると、車は市街地を抜けて左右に木々が生い茂る林のなかの上り坂を走ってゆく。このまま山をひとつ越えるのだろうか。

「作野郵便局は、配達地域が広いんですね。大変そうだなあ」

同じ郵便局の配達業務でも、地域が変わると内容が全く違うように思われる。助手席で感心する青山に、

「その代わり、東京ほど人家が多くないですから。青山さんたちの方が、配達時間に追われてご苦労だと思いますよ」

及川は運転しながら、逆に労ってくれた。

しばらく走ると、にわかに視界が開け、林の中に瀟洒な別荘が点在する広大な地域へ出た。

そして、車は小高くなった丘の麓で一時停止した。この丘の上に、城島会長の別荘が建っているのだ。

その丘の上からは見えない位置に、一台の黒いワゴン車が停まっていた。

「お待ちしていました」

ワゴン車から出てきた背広姿の男が、ゆうパック車両から下車した四人に会釈する。

青山らも会釈を返した。

協力を要請していた長野県警の捜査員らしい。

──どこの組織でも、縄張りはあるもんだな。

くだらないことで感心する青山をよそに、

「被疑者は午前中に車でやってきました。たぶんレンタカーでしょう」

「それからずっと、別荘にいるんですね」

刑事たちは、真剣な面持ちで情報交換をしている。

やがて刑事二人は青山と及川に向かい、

「ではよろしくお願いします。われわれも同行しますので、心配はいりません」

そう言われても、やはり緊張する。

配達車両は、再び四人を乗せて発進し、丘を登ってゆく。

城島会長の別荘は、和風で落ち着いたたたずまいの平屋建てだった。門から玄関までは立ち木の植えられた庭になっている。そして門から少し離れた路上には、先ほど刑事らの話に出てきたと思しきレンタカーが停められていた。

秋の日は西に傾いていたが、明かりをつけるほどではない。

及川は、何度かここに配達に来たことがあるのだろう。門の前に駐車すると、勝手知った様子で後部に積んであったセキュリティゆうパックを取り出し、玄関へと向かった。

東京とちがって駐車場所に苦労しないのは羨ましいなと思いながら、青山も車を降りて後を追う。刑事二人は車両に残って待機した。

ゆうパックを抱えた及川の後ろ姿も、さすがに不安と緊張をにじませていた。

呼び鈴が鳴る。

「どちら様ですか」

インターフォン越しに、若い男の声がした。

「郵便局です。お届け物をお持ちしました」

何も知らない風を装った及川が答える。

玄関ドアの内側で人の動く気配がし、やがてドアが外側に開く。室内も和風の造作で、沓脱ぎを隔てた床が一段高くなっている

「どうも」

眼鏡をかけたひょろりと背の高い男が、そこに立っていた。背広姿で、別荘の住人が寛いでいたというには違和感がある。

　青山はその顔に見覚えがあった。

　昨日、散々聞かれても相手の顔の特徴をうまく表現できずに刑事に似顔絵の作成を諦めさせた彼だったが、いざ実物を目の前にすると、もはや疑いようもなかった。

「ここに、受取りのサインか印鑑をお願いします」

　男はゆうパックを受け取って床に置くと、及川の差し出した配達証にボールペンでサインした。

　配達証を受け取った及川は、さりげなく背後の青山に渡してよこした。走り書きだったが、はっきり『牧村』と読める。

　その時、青山の存在に初めて気がついたように、男は怪訝(けげん)そうに目を細めた。

　通常、ゆうパックは配達員がひとりで配達するものだからだ。

「ああ、すみません。この者は新人でして。今は研修期間で一緒に配達にまわっているんですよ」

　これは、打ち合わせにない及川のアドリブだ。なかなか肝が据わっている。

牧村の顔が、見る間に警戒心と焦燥に歪(ゆが)んだ。彼も、青山のことを思い出したにちがいなかった。

制止する間もなく、牧村は三和土(たたき)に飛び降り二人を突き飛ばして玄関から走り出た。靴も履かないまま門に向かって庭を疾走する。

しかし門の外には、牧村の逃走に気づいて車を降りた刑事二人が立ちはだかっており、牧村は呆気(あっけ)なく取り押さえられた。

「間違いありません。僕を襲ったのは、この人です」

追いついた青山の言葉に頷くと、

「署の方で、お話を伺えますか」

刑事は、呆然(ぼうぜん)としている牧村を促した。

10

「じゃあ警察は、城島会長にも事情を話して協力してもらっていたんですね」

東京東部郵便局の食堂で、上條はようやく重荷を降ろした様子の青山、海老沢と話していた。

「青山くんは、お手柄だったそうだね。怪我がなくてよかった」

青山は「いやあ」と照れて頭を掻く。

「警察は、犯人が上條さんの言ったような早まった真似をしないように、一番安全な罠を仕掛けたってことだね」

と、海老沢が説明した。

城島会長に協力を頼んだのは、ひとつの賭けでもあった。

平泉センター長と内藤部長は、海老沢から話を聞いてすぐ警察に相談した。刑事たちが城島会長宅に赴いて改めて事情を聞いたところ、会長はすでに差出人である牧村にゆうパックを受け取れなかった理由が転居届によるものだったことを、次のように説明した後だった。

「急いでいて、転居届の解除をしていなかったものだから、融通の利かない郵便局のせいで作野に転送されることになっちまったよ。忙しいのに困るが、明日にでも行ってくるよ」

その後の警察の取り調べによると、実際、犯人である牧村はその時点では、

――ゆうパックを取り戻すために、また配達員を待ち伏せするしかないか。

と、思っていたという。

しかし事情を把握した城島会長は、警察に協力して再度、牧村に電話をかける。

「申し訳ないが、急に持病の腰痛がひどくなって作野へ行けそうにない。あいにく家族にも手の空いている者がいなくて弱っているよ。きみのように信頼できる人が行ってくれれば、鍵を預けてもいいんだがね」

と、暗に相手を誘導した。

案の定、牧村は渡りに船とばかり話に乗ってきた。

「ちょうど出張で長野に行く予定があるので、私でよろしければ受け取ってご自宅にお届けしますよ」

と、喜んで承諾したのだ。

ちなみに転居届による転送は、たとえ届けを出した本人からの依頼であっても止めることはできないが、転送先の住所で郵便物を受け取るのは、必ずしも本人である必要はない。指定された届け先――今回の場合は作野の別荘――から出てきた人ならば、受取人の家族、もしくは受け取りを委任した代理人、つまり本人同様にみなされ、配達員が口頭で受取人の名前を確認すれば、ゆうパックを受け取ることができるのだ。

「一番わからなかったことだけど、犯人の牧村さんはなぜ、そうまでして自分が発送したゆうパックを取り戻したかったのかな」

「これは、センター長にこっそり教えてもらったことだけど」

海老沢が声を潜めたので、二人とも耳を寄せる。

さすがに内藤集配営業部長と平泉ゆうパックセンター長は、部下が被害に遭っている手前、捜査情報を教えてもらっているようである。

「あの人は城島会長にセキュリティゆうパックを発送するさい、誤って展示用のイミテーションを入れてしまったんだ」

「えっ。じゃあ、中身の金塊は、真っ赤な偽物だったってことですか」

青山は仰天する。

「本人に悪意はなかったとはいえ……それは、大失態でしたね」

上條は、むしろ気の毒そうだ。

警察が別荘にあった彼の持ち物を確認したところ、私物の他に城島会長宛てのゆうパックと瓜二つの段ボール箱が見つかった。

なかには本物の金塊が入っており、彼は受け取ったゆうパックのラベルを本物の方に貼り替えて、何食わぬ顔で城島会長に渡すつもりでいたのだ。

そしてイミテーションのインゴットは会社に持ち帰り、こっそり元の保管場所に戻せば、今回のことは闇に葬ることができる――はずだった。

牧村が警察に自供したところによれば、彼は一年前に宮田貴金属に就職したが、いまに至るまで営業成績が全く振るわず、今回、かねてから資産運用にと金の購入を勧めていた城島会長との取引が成立して喜んでいた矢先の不祥事だったという。

本来なら、すぐさま上司に報告したうえで会長に事情を話し、謝罪して本物の金との交換を申し出るのが正当な対応だということはわかっていた。しかし入社当時からミスが多く叱られてばかりの上司にこの件を伝えたら、それこそ激怒し、「会社の信用を失墜させた」という理由で首にされるかもしれない、と怯えたらしい。

城島会長にしても、普通のゆうパックならともかく、中身が高額の金塊ともなれば、いくら謝罪したにせよ「貴重品の取り扱いがずさんだ」という理由で、取引を白紙に戻されかねない。

宮田貴金属は、上司からのパワハラに耐え切れずに前の会社を辞めた牧村が、正社員としてやっと就職できた会社だった。自分はもちろん、実家の両親が営むクリーニング店も経営難で赤字が続いている牧村にとって、いま職を失うことは人生が終わるに等しかった。

「でも、ゆうパックは差出人が請求すれば先方に届ける前に取り戻すこともできますよね。牧村さんはなぜ、そうしなかったんでしょうか」

青山は、残念そうだ。

郵便物の発送後、何らかの理由で先方に届けずに手元に戻したい場合、差出人が郵便局窓口で『取り戻し請求書』を提出すれば、郵便物はその住所宛てに返送される。

取り戻し請求をしてすぐに本物を発送し、イミテーションのほうは返還させる手配をすれば、何の問題もなかったはずだ。

「牧村さんはそれも考えたと思いますよ。でも彼は、受取人である城島会長に前もって発送したセキュリティゆうパックの追跡番号を通知していたでしょう」

「あっ、そうか」

上條の指摘に、海老沢が手を打った。

城島会長が、教えてもらった番号で追跡をかければ、データ上には『取り戻し』の表示が現れるから「一度、発送した金塊がなぜ返還あつかいになっているのか」と疑問に思い、牧村は当然、説明を求められる。結局、彼の失態は明るみに出るのだ。

彼としては顧客へのサービスのつもりで番号を通知したのだろうが、運悪くそれが裏目に出てしまった。

追い詰められた牧村はついに、配達中のゆうパックを強奪して本物とすり替えるしか方法がないと考えるに至ったのだ。

「僕はなんだか、牧村さんが気の毒だな」

青山がしんみりと言った。

「自分が被害に遭ったのに、青山くんは優しいね」

「いや、僕もあまり器用なほうじゃないし。なんとなく気持ちがわかるっていうか」

カウンターに二、三人の社員らが並んだ。上條は厨房に戻りつつ、

「でも、きみならそんなことはしないよ。もう配達に戻っているのかな」

と、聞く。

「ええ。あんなことのあった翌日は正直怖かったけど、犯人も逮捕されましたからね」

どうやら自ら犯人逮捕に協力したことで、恐怖感を克服したようだ。

「それを聞いて安心したよ。センター長もみんなも、今度のことで青山くんが辞めたりしやしないかと心配していたんだ。また忙しくなるけど、これからもよろしくね」

世話好きな海老沢が励ますのを聞きながら、上條は、最近急激に人気が上昇している豚の生姜焼きを盛り付けていた。

第四話 ▼ 幻の同居人

1

「ちょっと待って、麗夢先生。いくらなんでも、これはまずいよ。こんなの呟いたら訴えられちゃうよ」

朝から、リビングに置いてあるパソコンの前で不穏な呟きを漏らすのは、中学二年生になるひとり娘の歩実だ。

桐山伸治の神経は、「訴える」という言葉に過敏に反応しささくれ立った。

せっかく忘れかけていたのに、昨日、東京東部郵便局の窓口にやって来た客の言葉が蘇る。

その中年の男性客は、一週間前に窓口で発送した定形外郵便物が、横浜の受取人のところにまだ届かないと言って怒鳴り込んできたのだった。

——おまえらが、パクったんじゃないだろうな。

最初に応対したのは、中途採用で入社して三カ月しか経っていない女性ゆうメイトで、客の暴言に耐えかねて涙目で助けを求めてきた。

桐山にはゆうメイトたちの監督義務があるため、このような場合は彼女と交代してお客様対応をしなければならない。

上席の部長は、そこまでやってくれない。課長という役職ゆえか、それとも四十代前半という年齢が一般社会ではそういうスタンスなのか、上からは頭を押さえられ、下からは突き上げを食らうという損な役回りを担っている。

桐山はパーテーションで仕切られた応接スペースに客を連れて行き、なんとかなだめすかして郵便物の不着調査の申込書を書いてもらい、調査を約束した。

——参考までに伺いますが、郵便物の内容品はどのようなものですか。

——フィギュアだ。『マルデック・ドリーム』のクローディア大佐が入っている。

その意味を理解するのに、数秒を要した。

——知らねえのか。アニメのキャラクターのフィギュアだよ。

その郵便物が届かない原因が、郵便局側の見落としによる紛失だったりすると問題である。桐山は丁寧に対応した。

——もしこのまま見つからなかったら、訴えてやるからそう思え。

その男はほとんど恫喝に等しい捨て台詞を残し、椅子を蹴るようにして帰っていった。

「朝飯できたぞ。さっさとパンを焼いて食べなさい。遅刻するぞ」

フライパンの中で焦げている目玉焼きに舌打ちしながら、桐山はテーブルの上に並べた二枚の皿に、目玉焼きを取り分けた。皿にはすでに、ほうれん草のソテーが載っている。

このところ「スマホを買え」と、ますますうるさい娘は、「高校に受かったらお祝いに買ってやる」と言う父親への当てつけのように、毎朝、学校に行くぎりぎりの時間までパソコンでネットサーフィンをしている。

今見ているのは、たぶんツイッターだ。ここ最近、歩実の好きな人気タレントがよく投稿しているらしい。

「パパ。本当にちょいヤバなんだってば。麗夢先生がね、ファンの人の秘密をネットでぶちまけてるのよ。暴走だよ」

「芸能人のやることなんか放っとけ。パパはコーヒーが飲みたいんだ」

毎朝の朝食は桐山が作っているが、コーヒーを淹れるのは歩実の役割と決まっている。ちなみにパンを焼くのはそれぞれが自分でやる。

「芸能人じゃないよ。漫画家だって」

抗議の声を上げながらも、歩実はしぶしぶパソコンを閉じてこちらに来た。

コーヒーメーカーに水を注ぎ始める。

昨今の作家や漫画家はネット上でブログを書いたりツイッターで呟いたり簡単に顔写真を晒しているので、桐山にとっては、どちらも同じに見える。

「そういえば、おまえの部屋の本棚にぎっしり並んでいる少女漫画に、そんな名前が書いてあったな」

「『マルデック・ドリーム』だよ。その作者が薬師寺麗夢先生なの」

とんだ偶然があるものだ。昨日の客が言っていたアニメの名前ではないか。

「ふうん。人気あるのか、その漫画」

「もちろん。アニメ化もされて、キャラクターグッズなんてバカ売れなんだから」

父親の心中など想像もつかない歩実は、芳ばしい香りを漂わせながら、マグカップ二つにコーヒーを注いでいる。

――そのキャラクターのフィギュアのために度を越して激怒しているあの客と、俺の娘が同じレベルだとは思いたくないが、どうやらこの子もファンらしい。

桐山のこめかみに、わずかに青筋が浮いた。

「歩実は中二なんだから、あっという間に高校受験だぞ。もっと身近な現実を見つめないと」

怒りを抑えつつ諭したが、

「パパは身近な仕事ばかり見つめていたから、ママに逃げられたくせに」

と、パンをくわえた娘に切り返されてしまった。

現在、妻とは別居中である。

2

局内は暖房が効いているが、自動ドアが開閉するたびに冷たい風が吹き込んできた。

今日は朝から鉛色の冬空で、時おり木枯らしがガタガタとドアを揺らしていたが、今はもう真っ暗だ。

十八時四十分。九時の営業開始から、窓口では来局者が途切れることはなかった。

桐山の個人的な見解だが、師走に入ると精神的に荒(すさ)んだ顧客の来訪が増えるように思う。これは個人、法人を問わず年末に大きな支払いを控えていて、経済的に追い詰められている人が多いのが理由ではないかと考えられる。

しかし今、窓口で仁王立ちしている女性は、金銭絡みよりもっと複雑で深刻な問題を抱えているようだった。

「あなたじゃ、話にならないわ。責任者を出しなさい」

その女性の声は、他の客さえ思わず引いてしまうほど裏返っていた。

三十代前半ぐらいだろうか。メイクはしているが、冬用コートの前ボタンを全部外し、マフラーも大急ぎでひっかけてきたという印象を覚える。

営業終了が近いこの時刻にそんな姿で駆け込んできたことを考えると、何か今日中に直談判(じかだんぱん)せずにはいられないような事情を抱えているのだろうか。服装もそうだが、女性の髪は乱れがちで顔には疲労と焦燥感がにじみ出ていた。

まるで今日一日、厄介な案件で駆けずり回り徒労に終わった挙句、最後にここにたどり着いた、というような印象を受ける。

「配達員にも言ったし、コールセンターにも問い合わせたけど、結局、お茶を濁すだけじゃないの。客を馬鹿にしてるの」

幸い、今日対応しているのは入社四年目の相沢夏美だ。昨日の新人のように取り乱したりはせず、傍目にも落ち着いて相手の話を聞いている。

「かしこまりました。少々お持ちください」

軽く頭を下げて窓口を退くと、まっすぐ桐山の席へやってくる。

「課長。あちらのお客様ですが、特別なご事情をお持ちのようで」

相沢によれば、客の名は幸田(こうだ)綾子(あやこ)。東京東部郵便局の配達管内に住んでいるが、我々社員の中に客の個人情報を不正入手してネット上で晒している者がいると言ってきかないのだという。

「具体的に言えば、おそらく配達担当者が幸田様宛ての手紙をこっそり閲覧してその内容を暴露しているのではないかと疑っておられます」

「そんな馬鹿な……」

思わずカウンターに目をやると、女の刺すような視線とぶつかった。

これでは自分が話を聞くしかあるまい。

相沢もそうだが、よほどはっきりした証拠を突き付けられでもしないかぎり、配達員もコールセンターも「郵便局員はそんな不正はしません」という前提に立って話をする。顧客がそれでも食い下がる場合は、それぞれの部署の責任者の耳には入っていないのだが、どうやらこの件は、上席者が対応しなければならないようである。

と、いうのは責任者が対応しているほどの問題なら、桐山ら他部署の上席者にも迅速に伝わり、情報を共有するのが通例だからだ。さもないと、もし顧客が直談判しようと窓口にやってきた場合、適切な対応ができなくなってしまう。ちょうど今のように。

そもそも込み入った相談をするために、いきなり窓口にやってくる客は少ない。郵便窓口は基本的に郵便業務を行なうところであって、相談窓口ではないからだ。

幸田綾子もその点は認識していたらしく、まず配達員とコールセンターに問い合わせたと言っている。

桐山は、綾子がたまたま配達に行った集配営業部の配達員を捕まえて詰問するさまを想像した。

外は寒いし、彼らは忙しい。専用バイクに備え付けられている配達箱には、その日のうちに配達しなければならない手紙やはがきや小型郵便物がぎっしり詰まっているのだ。

「我々は決して、そんな犯罪行為はしていません。でもご心配でしたら、一度コールセンターに連絡してご相談ください」

桐山の想像の中で、配達員はさも心外だというふうにきっぱり告げて行ってしまう。

綾子は、配達員の助言どおり東京東部郵便局のコールセンターに電話をかける。

「お客様のプライバシーを覗き見することはコンプライアンス違反であり、局内にそんな者がいるとは考えられません。しかし何か根拠がおありなら、上席と相談のうえ調査いたしますが」

おそらく綾子は、犯罪の確たる証拠を摑んでいるわけではない。

証拠がなくても、先ほどのように激昂すればコールセンターの者は郵便部の上司に電話を替わったのだろうが、綾子は電話では話にならないと思い切ってしまったのではないか。

そういうわけで、ここ郵便局窓口にお鉢が回ってきたにちがいなかった。

桐山は重い腰を上げた。

まさか二日続けて、クレーム対応のためにこのブースを使うことになるとは思わなかった。

「ご不快な思いをさせてしまったことは、お詫びいたします。我々にできることがあれば調査いたしますので、詳しいご事情をお聞かせ願えますか」

ソファを勧められて少し気を取り直した様子の幸田綾子は、

「さっきは感情的になってすみませんでした」

と、謝ったうえで、実は今、私の関係者の個人情報がインターネット上にリークされて困っているんです、と切り出した。

「と、申されますと、幸田様ご本人の情報ではないのですか」

桐山は、ちょっと意外に思った。

本人の情報が漏れて、その自宅に郵便物を届けている管轄郵便局が疑われるならわからなくもない。しかし他人の情報とは、どういうことなのか。

「自分のではないからこそ、責任を感じているのです。それどころか、私自身が情報を漏らしたような濡れ衣まで着せられて」

綾子の顔色を見るかぎり、困っているどころではない様子であった。

どこかの会社の上級管理職だろうか。着ているものからして、ある程度経済的に余裕のある女性と思われたが、精神的な憔悴が肌に現れていて、メイクの上からでも眼の下の隈が浮き出ているのがわかる。

「最初から説明しますね」

すべてを打ち明ける決意をしたのか、綾子はバッグから赤い名刺入れを出すと、一枚の名刺を渡してよこした。

「それは、私のペンネームです」

桐山は目を見張った。

ピンクの桜柄の名刺には、『少女漫画家・薬師寺麗夢』と印刷されていた。

「あなたが有名な薬師寺麗夢先生でしたか。よく存じ上げています。しかし当郵便局管内にお住まいだったとは」

実際には、存じ上げているのは今朝からだが。

「ありがとうございます」

綾子は驚いたように目を見開き、そしてちょっと嬉しそうに笑った。桐山のような中年男性が読者層にいるとは思っていなかったらしい。

綾子、もとい薬師寺麗夢は、管内に購入したマンションを自宅兼仕事場として使っていた。

漫画家を志して三年くらいは他の漫画家のアシスタントとアルバイトで生計を立てながら新人賞に投稿を続け、幸いにも四年目で中堅出版社である白鳳社(はくほうしゃ)の月刊少女漫画雑誌『プレミア』で連載が決まり、漫画家デビューを果たした。

さらに、初めての連載漫画である『マルデック・ドリーム』は、安定した画力とスケールの大きいストーリー構成が読者の支持を集め、今年で連載七周年を迎える。

以来、締め切りに追われて忙しくはあるが、綾子はクリエイターとして順風満帆な充実した日々を送っていた。

今日の昼前に出版社から呼び出されて、ある事実を突きつけられるまでは。

ネームを執筆中であるにもかかわらず編集部に来るようにとの連絡があった時から、嫌な予感はしていた。いつもの打ち合わせなら、担当者がメールをよこすか、仕事場にやって来て直接やりとりをするはずだからだ。

「至急、先生に確かめたいことがあって」

『プレミア』の女性編集長の机の両脇には、副編集長と綾子の担当編集者が苦い顔をして控えていた。

編集長は、一枚のA4サイズの紙を綾子に突き付ける。

紙には、ワープロ書きの文章が印字されていた。

――『マルデック・ドリーム』の作者です。いつも応援ありがとう。

先日、こんな手紙が届きました。「麗夢先生。私はいま重大な悩みを抱えています。娘が通っている桃桜小学校の担任の先生と、あるきっかけから親密な仲になってしまい、関係がずるずると続いているのです。

――家族のためにも断ち切らなければと思うのですが、どうしても別れることができません。これも、私の前世のカルマが影響しているのでしょうか……」

「この文章は、ツイッターに載せられて拡散されたものです。薬師寺先生は見覚えがあるかしら」

綾子は頷いた。

半月ほど前に、彼女の読者である女性から届いたファンレターに書かれていた内容に違いない。さらにいえば、綾子しか知りえないはずの読者のプライバシーが記されている。

綾子は読者が送ってくれた手紙はすべて読んでいるが、連載や読み切りの執筆に忙しくてとてもひとりひとりに返事を書くことはできない。だからプレミア誌上で、「返事は書けないけど、みんなからの手紙は全部読んで元気をもらっています。いつも応援ありがとう」と、感謝のメッセージを掲載している。

だが、何人かの例外はいた。彼女が駆け出しの頃から手紙を送り続け応援してくれる熱烈なファンたちだ。彼らには連載当初から時々、ファンレターに返事を書いていて、最近では忙しさから回数が減ったものの、ことさら大切に思っていることに変わりはない。

この女性——夏目美奈子（なつめみなこ）もそのひとりだった。

文通だけの付き合いとはいえ、長年のやりとりを経て、年齢も近い美奈子とは作家と読者というより友達のようになっており、最近では個人的な悩みを打ち明けられることもある。

今回は、多忙のうえ深刻そうな内容に困惑したこともあって返事を書いてはいなかったが、美奈子のことは心配していたのだ。

——でも、これがツイッターで拡散されたなんて。どういうことなの。

事実関係が明かされるにつれ、綾子は顔から血の気が引くのを感じた。

ツイッターの投稿者は「薬師寺麗夢です」と、はっきり名乗っているわけではないが、「マルデック・ドリームの作者です」という自己紹介文と、転載されているファンレターの冒頭で、読者が「麗夢先生」と呼びかけていることから、漫画家の薬師寺麗夢だろうと容易に察しがつく。

さらにツイートでは『桃桜小学校』という具体的な学校名が明記されている。上流家庭の子供が通う都内でも有名な私立小学校だ。

これがいつツイートされたかは知らないが、ネット上でプライバシーを晒された美奈子は、いま大変なバッシングに遭っているのではないのか。

それどころか、書かれている内容は不倫の告白である。彼女は夫から離婚届を突き付けられているかもしれない。

「このツイートはもともと、リツイートはできるがダイレクトメールは送れないような設定になっていたようだね。ツイートそのものは投稿者がすでに削除しているんだけど、ネット上ではかなり広まっていて、これを読んだフォロワーからの批判が殺到しているんだ。不倫をしている夏目さんと、それを暴露した薬師寺先生、双方に対するものだよ」

綾子の顔色を読んだのか、副編集長が説明する。しかしこの言い方では、慰めようとしているのか、さらに不安を煽っているのかわからない。

編集長は言いにくそうに続ける。

「この件で、当事者である夏目美奈子さんから抗議が来ているわ。ファンレターに書いて送った内容を、薬師寺先生が無断でツイッターに転載して拡散したと訴えているのよ」

「事実無根です。私がそんなことをするはずないじゃありませんか。だいいち私、ツイッターなんてやったことないんですよ」

綾子は叫ぶように言った。

「ツイートは消されたけど、投稿者のアカウントは残っているんですよね。警察に調べてもらえば、誰がこんなことをしたかわかるはずです」

少ない知識を絞り出して訴えたものの、この方面に疎い綾子は、電話でいう逆探知のような方法で、アカウントからツイッターの投稿者を特定できるかどうかは知らなかった。ただ、専門家に依頼すれば投稿者のパソコンなりスマホを突き止められるという話は聞いたことがあった。

「ツイッターの投稿者を特定することは、そんなに簡単にはできないのよ。企業弁護士の安藤（あんどう）先生にも相談したんだけど」

編集長は弁護士の見解を伝える。追及はしたものの、綾子が犯人でないことは最初からわかってくれていたようだ。

「まず、ツイッター社に『発信者情報開示請求』を行なわなければならない。でもツイッター社はアメリカの法人。全世界の人々が利用しているとはいえ、私たちがそれを行なうには、まず東京地裁に仮処分を申請する必要がある。費用はともかくとして、これでは犯人の特定がいつになるかわかったもんじゃないわ」

編集長は投稿者を「犯人」と呼んでいる。内心の怒りの表れだろう。

「裁判所を通さずにツイッター社に対し任意での請求をすることもできるのですが、この方法では受理してもらえないケースがほとんどなのだそうです」

担当編集者が補足した。

「それに、『発信者情報開示請求』をするには、それなりの理由を示さなければならないわ。発信者のツイートによってどんな重大な被害を被っているのか、具体的な説明が必要なのよ。警察に被害届を出すにしても、それは同じこと」

編集長の言葉の意味がわからず、困惑していると、

「通常、ツイートの内容が名誉棄損に当たるということで訴えるケースが多いのですが、今回の場合は特殊です。名誉棄損の被害を受けたのは夏目さんで、彼女は情報開示請求をするまでもなく先生を加害者だと思っているのですから」

担当者の指摘に、頭を殴られたような気がした。

ちなみに、担当編集者も美奈子のことは知っている。

個人情報保護のため、作家の住所は公にしないのが通例だ。したがって読者は編集部宛てにファンレターを送ってくる。それを担当編集者が漫画家に届けてくれるのだ。手渡しの場合もあるが、忙しい時などは郵送される。

一度、仕事場に持って来てくれた時、

「先生、また夏目さんからお手紙が来てますよ」

と、嬉しそうに言ってきたことがある。

担当者の言うとおり、綾子自身が被った被害といえば、「ツイッターでの成りすましによって読者や世間からの信用を失墜させられた」ということになるのだろうか。

「いったい、誰がこんなことを」

綾子は頭を抱えた。

「問題は、現時点でこれが成りすましだということを客観的に証明する手立てが何もないということ。ネットに晒された手紙の内容を知り得るのは、ご本人以外には先生、あなたしかいないのだから。犯人がどんな方法でそれができたのか、その手口がわからないうちは、自作自演と決めつけられてもやむを得ない状況なのよ」

編集長の止めのひと言が突き刺さった。

綾子は混乱しながら自宅マンションへ帰った。

ランチタイムはとっくに過ぎていたがまったく食欲が湧かず、急いで書斎に入ると、本棚の横に置いてある錠前付きの木箱の蓋を開ける。

なかには、ファンレターがぎっしり詰まっていた。

なお、この部屋はプライベートな自室だが、仕事場として隣接したもう一部屋を借りており、アシスタントなどはそちらに出入りしている。編集部に呼び出されたのは、ちょうど次の連載用の原稿を書き上げて提出した後だったので、今日はみんな休みを取っており、誰も来ていない。彼らのことは信頼しているが、ファンレターには今回のようにプライベートな内容が多分に書かれているものもあるため、このように自分自身で厳重に保管しているのだ。

綾子は一通の封筒を取り出した。紅葉の柄を散らした薄茶色の便せんだ。夏目美奈子からの手紙だった。

編集部からこれを受け取ったのは、晴れた秋の日のことで、「たまにはゆっくり紅葉でも見に行きたいけど、今年も忙しくて無理ね」と、思ったのを覚えている。もちろん、開封したのは綾子自身だ。

震える手で便箋を取り出し、編集長からもらってきた先刻のA４用紙の文面と比べてみた。

――麗夢先生。私はいま重大な悩みを抱えています。娘が通っている桃桜小学校の担任の先生と……。

綾子の動悸が激しくなった。

同じだ。ツイッターに載せられていた文章とこの手紙の文面は、一字一句に至るまで、まるでコピーを取ったかのように全く同じなのだ。

——これでは美奈子さんが、私がファンレターの内容をツイッターにそっくり転載したと思うのも無理はない。

綾子は混乱した。

——どういうことなの。この手紙はずっとここにあって、誰も盗み読むどころか触れることすらできないはずなのに。

それならツイッターの投稿者は、どうやって美奈子の手紙の内容を知ることができたのか。

こめかみまで脈打つ動悸が収まると、綾子はひどい頭痛に襲われた。

「そんなことが……」

事の深刻さに、桐山は同情深げに眉を寄せる。

「それでも私は、気を取り直してあらゆる可能性を考えてみました」

まずはっきりしていることは、半月前に編集部から他のファンレターと一緒にこの手紙が送られてきてからは、誰であろうともその内容を知ることはできないということだ。

郵便物が投函されるマンションのポストは底が深くて容量の大きいタイプなので、抜き取りなどの被害に遭うはずもなく、その解錠番号は誰にも教えていない。

読んだ後で手紙を保管する木箱には錠前をかけて開けられないようにしてあるし、その鍵は部屋や仕事場の鍵と一緒にキーケースに入れて常に持ち歩いているのだ。

もちろん綾子は、美奈子からの手紙の内容を誰にも話していない。

まさかとは思ったが、何者かがこの部屋に忍び込んで隠しカメラを設置し盗撮されていた可能性も考えて、すぐに専門家を呼び書斎を調べてもらったが、そういう類のアイテムはいっさい見つからなかった。

だとすると綾子が手紙を読む前に、誰か別人が開封して読んでいた、ということになる。もちろん綾子が受け取った美奈子からの手紙はちゃんと封がされていた。発送元の郵便局の消印もついていたので、誰かが開封後に別の封筒に入れ替えて綾子に渡したとは考えられない。

しかし彼女は、それをクリアする方法を聞いたことがあった。封印された封筒の糊付け部分に薬缶などの蒸気を当て続けると、糊が溶けて剝がれてしまうのだ。そのようにして開封して便箋を取り出し、読んでからまた戻して乾かした糊付け部分を貼り直せば、傍目には開封したとはわからない。

綾子は改めて手紙の封筒を観察した。封筒の端を鋏で切って開封していたので、糊付け部分は残っている。

よく見ると、そのあたりが一度水を含んでぶよぶよになっていたかのように波打っていた。これは何者かが彼女の知る方法で開封した痕跡だろうか。

綾子より先に手紙を入手したのは担当者を含む編集部の人間だが、

――いいえ。それはないわ。

即座にその考えを打ち消した。

一般的には、いたずらや中傷目的のものを排除するため、編集部に届く作家宛ての手紙は担当者が開封し閲覧している。

しかし読者のプライバシーを大切にしたいという綾子の希望で、数年前から彼女宛てのファンレターに関しては閲覧は行なわれていない。

今では、開封された状態で届くファンレターは皆無なのだ。それを前述のような手の込んだ方法で盗み読んだ後、隠ぺい工作までやる編集者がプレミアにいるとは、とうてい考えられない。

デビュー以来世話になっている彼らには感謝しているし、人間関係も良好だ。なによりも、綾子を陥れて得をする者は編集部にはいない。現に、今回の告発騒動で皆が弱り切っている。

綾子、つまり薬師寺麗夢の『マルデック・ドリーム』は、今やプレミアの看板作品のひとつだ。もし「看板作家が読者のプライバシーをネットにばらまいた」というスキャンダルが世間に広まれば、最悪プレミアは廃刊になりかねない。

では編集部以外に、綾子より先に手紙に触れることのできた者は誰か。

※

「なるほど。それで郵便局の者しかいないとお考えなのですね」

桐山は、ようやく納得がいった。

「私だって、疑いたくはありません。でも、版元は信用できます。他に考えられないんですもの」

言外に「郵便局では、これまでにも個人情報漏洩にまつわる不祥事が起きてますでしょ」と、言っている。

綾子の頭の中では、日本郵便のトップが記者会見の終わりに十秒ほども頭を下げ続ける映像が映されているにちがいなかった。

「わかりました。この件はたいへん重大な問題です。私どもとしましても、詳しく調査したうえで、またご連絡しますので」

と、約束した。

綾子は一応納得したが、

「この件では、私個人だけでなく出版社側も不利益を被っています。今後、編集部が窓口となってやりとりをさせていただくことになるかもしれません」

そうなる前に解決できればいいんですが——と、眼で訴えながら帰っていった。

こうなると、部長を通して局長の耳にも入れる必要があるだろう。

桐山はまた気が重くなった。

3

桐山の頭の中で、パトカーのサイレンの音が鳴り響いていた。
東京東部郵便局前に、野次馬が集まっている。
ひとりの郵便局員が制服警官に両脇を固められて、建物から出てくるところだった。
「許してください。これが罪になるとは思わなかったんです」
局員は涙声で叫んでいたが、やがて警官に小突かれ、パトカーに乗せられた。
郵便局の窓ガラス越しに、上司や同僚たちが悲しげに見送っていた。
――嫌なことを思い出した。
その日の夜、通勤電車内で、うつらうつらしていた桐山は我に返った。
思い出したといっても、今のは桐山が実際に見た光景ではない。
舞台が東京東部郵便局前であることを除けば、初めての社員研修のさいに、誰もが見せられる動画なのである。

不特定多数の一般人の郵便物を取り扱う郵便局員だからこそ、客の個人情報には細心の注意を払うべきであり、決して軽く考えてはならないと戒める内容だ。

幸田綾子は、「郵便局では、個人情報にまつわる不祥事がいくつか起こっている」と、言いたげだったが、実際に細かい不祥事ならいくつかどころか、いくつも起こっている。

もっとも、正社員数だけでも二十万人に届かんとする全国組織なので、その分不祥事が多いのも当たり前といえば当たり前だが、不祥事も度を越すと犯罪の領域に達してしまうため、入社以後も定期的に社内コンプライアンスの教育が行なわれている。

例えばこれまでもたびたび報道された、配達しきれない郵便物をこっそり捨てるという行為も立派な個人情報の漏洩だし、その他にもゆうメイトが、郵便物の区分中に芸能人宛てのはがきを見つけて、その内容をインターネットの掲示板に投稿したり、知り合いだが特に親密ではない女性宛ての手紙に記されていた電話番号を控えて、後日、本人に連絡して交際を迫るなどという不祥事が過去にあった。

当然の報いだが、郵便局はそのたびに世間のバッシングに晒された。

それらの苦い経験を踏まえて、現在では「お客様の個人情報は、たとえ家族であっても漏洩してはならない」という方針が徹底されるに至ったのだ。

それらはすべて郵便の仕事をしていたがゆえに知り得た個人情報なので、それを漏洩させた個人だけではなく会社も当然、監督責任が問われる。

しかし、と桐山は考える。

手口は不明だが薬師寺麗夢宛てのファンレターを盗み読んだうえ、彼女に成りすましてツイッターに手紙の内容を転載し拡散させるという行為からは、明らかな悪意を感じる。不祥事案件の原因になった「出来心」とか「認識不足」などとは、根っこにあるものが全く違うように思うのだ。

仮に、彼女が疑っているように件の手紙を取り扱う機会のあった郵便局員が、このような悪事を働いたのであれば――そんなことは考えたくもないが――薬師寺麗夢に悪意なり恨みなりを持つ人物がたまたま彼女の住所を管内とする郵便局に勤めていたことになる。

――いくらなんでも、できすぎだろう。

しかし、郵便局員でも編集部の人間でもないのであれば、いったい誰がどんな方法で夏目美奈子のファンレターを読むことができたのか。

桐山には、見当もつかなかった。

4

自宅に帰った時には、二十一時をまわっていた。

仕事で残業して疲れているうえに、帰りの電車の中でも幸田綾子の一件が頭から離れず、あれこれ考えて堂々巡りに終わってしまった。

「おかえりなさい」

妻が出ていってからは、歩実が夕食の支度をしてくれる。

桐山は歩実の手料理のハンバーグを平らげながら、

「そういえば今朝、漫画家の薬師寺麗夢の話をしていたな」

と、聞いてみた。

歩実はまさに、綾子に成りすました何者かのツイッターへの投稿を閲覧していたにちがいない。

「ああ、麗夢先生がファンの人の秘密を呟いていたこと。もう削除されちゃったわよ」

先に夕食を済ませていた歩実は、キッチンで後かたづけをしている。

「だろうな」

そんなツイッターは見るな、と言いたいところだが、この子は「麗夢先生」について自分よりよく知っていそうだ。

「その人の漫画だが、どういう話なんだ」

「なあに、パパ。『マルデック・ドリーム』に興味があるの」

父親の意外な一面を見たと思ったのか、かたづけを済ませた歩実は、にやにやしながらこちらにやってくる。

「あたしの部屋に単行本が全巻揃っているから、貸してあげようか」

「い、いや。どういう筋書きなのか、簡単に教えてくれ」

この作品のストーリーを要約すると、おおよそ次のような筋書きになる。

地球に生命体が現れるはるか以前、太陽系にはもう一つの惑星が存在していた。

火星と木星の中間に位置し、太陽の周りを公転するその星は『マルデック』と呼ばれ、人類によく似た知的生命体が高度な文明を築いていた。

しかし、彼らは同一種族でありながら二つに分かれて戦争をはじめ、やがて核兵器により、マルデックそのものが破壊され彼らも全滅してしまう。破壊されたマルデックの残骸は、現在では小惑星帯を形成している。

長い時が流れ、やがて地球に現れた生命体の一部は人類に進化する。

筋書きによれば、今は絶滅したマルデックの人々の多くが地球の人類に転生していて、それぞれの人生を送っている。

彼等にはもちろん、過去生（かこせ）の記憶はないが、マルデックでの人生は、地球に生きる彼等の運命に色濃く影を落としており、彼らは過去生の業（カルマ）に無意識のうちに操られている。

ところが二十一世紀も半ばになった頃、小惑星が本来の軌道を外れて地球に大接近する。幸いにも衝突は免れたが、それが引き金となって若者たちの中にマルデックの記憶に目覚める者が現れ始める。

主人公である女子高生もその一人で、彼女は同じく前世の記憶に目覚めた仲間たちとともに、カルマに隠された秘密を解明しようとするが、それを阻む秘密結社が現れて壮絶な戦いが始まる——という近未来ＳＦともいうべき作品だという。

「なんだかスケールの大きな話だなあ。少女漫画って、高校生が恋愛する話ばかりだと思っていたよ」

桐山が感心すると、

「今は恋愛だけじゃ売れないの。もっと個性がなきゃ」

歩実はしたり顔で言う。

「この漫画はね、主人公たちの現代の境遇だけじゃなくて、マルデックでの前世の話もすごくリアルに描かれていて、まったくの別世界なのにそれが微妙にシンクロしているところが面白いの」

「ほう」

桐山が感心しているのは漫画の筋書きではなく、娘がいつの間にやら達者な表現力を身につけていたことだ。

「読んでいると、覚えていないだけで私にも前世があって、今の自分に生まれ変わる前にはまったく別の世界に生きていたんじゃないかって思ったりするのよね」

作者である幸田綾子の印象が悪くなかったので、いい作品なんだろうなとは思うが、親としては、娘にはもっと現実的な楽しみを見出してほしい。

「ファンレターとか出してるんじゃないだろうな」

「勉強とパパの世話で、そんな暇あるわけないでしょ」

歩実は生意気に一蹴したが、

「でも、そういうファンのなかには『私も前世でマルデックに住んでいました』とか、『最後の戦争で、両親を亡くした時の記憶が、今でもトラウマになっています』とか、危ないことを書いてよこす人も結構いるって。作品の世界にどっぷりはまっちゃったのね」

作者である薬師寺麗夢、つまり幸田綾子はこれをあまりよくは思わなかったらしい。連載しているプレミア誌上で、

「作品の世界を身近に感じてくれるのはありがたいけれど、『マルデック・ドリーム』はあくまでフィクションです。読者のみなさんには、夢を楽しみつつも今の現実の人生をしっかり見つめてほしいです」

と、コメントを掲載したという。

そういえば、ツイッターで晒された夏目美奈子の手紙にも、自分の不倫は前世のカルマが原因になっているのではないか、と書かれていた。

ファンというより、熱烈な信望者という言葉がぴったりくる。

——まてよ。

桐山の脳裏に、ある疑問が浮かんだ。

綾子は「ツイッターに投稿したことなんて一度もない」と、話していた。

それなら、今朝ネット上で呟かれた投稿が——実際は犯人が成りすましアカウントを使って呟いたものだが——フォロワーには薬師寺麗夢の初ツイートと認識されるはずなのだが。

「なあ。歩実は今朝、麗夢先生の投稿を見ておかしいとは思わなかったのか。だって、初めてのツイートでファンの私生活を暴露したわけだろう。本当は先生本人のツイートじゃなくて、偽物なんじゃないかとか疑わなかったのか」

歩実は一瞬、目を瞬いたが、

「そりゃあ、先生ってこんな人だったのかなって、ちょっとがっかりしちゃったけど……でも、今朝のが初ツイートじゃないわよ」

と、怪訝そうに言った。

今度は桐山が呆気にとられる番だった。

「確かに先生、ツイッターは最近始めたみたいなんだけど、これまでにも何度か投稿してるもん。すぐ消しちゃうけどね。ほら、アカウントの横にくっつけてるあれ――プロフィール画像っていうの――あれだって、主人公の神原美月(かんばらみづき)ちゃんのアニメの画像だし。今朝のも同じ画像とアカウントだったから、先生本人だよ」

歩実の話では、プロフィールテキストは『マルデック・ドリームの作者です。いつも応援ありがとう』と、なっているそうだ。綾子の話と一致する。

桐山は慄然(りつぜん)とした。

薬師寺麗夢に成りすました犯人は、事前にツイッターでの投稿をいくつか出して信憑性を高めたうえで、本命である今回の暴露投稿をしたことになる。

そう考えると、犯人の執念深さに背筋が寒くなった。

この件は、念のため綾子にも連絡しておこう、と桐山は思った。

娘のおかげで有益な情報を得ることはできたが、目の前に立ちはだかる無理難題は、揺らぐどころかますます強固になったようであった。

5

翌日は金曜日だったが、桐山は午前中に東京東部郵便局二階の集配営業部へ向かった。

幸田綾子の一件で、調査を依頼するためだ。

昨日、通常業務を終えてから、直属の上司である局窓口の部長と相談して、今後の方針を決めてある。

まず、白鳳社のプレミア編集部から送られてくる薬師寺麗夢、つまり幸田綾子宛ての郵便物を手にする機会のある郵便部の区分担当者と、集配営業部の配達担当者に聞き取り調査を行なうことになったのだ。

郵便部の方は、すんなり話が通った。

理由は容易に想像がつく。この場合、可能性としてどちらが怪しいかとなると、圧倒的に集配営業部の配達担当者ということになるからだ。

なぜなら他局から到着した郵便物を区分する担当者は、同じ区分場で複数の同僚とともに作業をする。つまり常に他の同僚の目に晒されているわけだが、配達担当者は、自分に割り当てられた配達区域をひとりで配達にまわっている。

しかも編集部から送られてくるファンレターは一通だけではなく、読者からの複数の手紙をまとめて定形外封筒に入れて発送しているという。

そんな嵩張って目立つ郵便物を他人に気づかれることなく隠して持ち帰り、幸田綾子が指摘したような手の込んだやり方で開封し閲覧するとなると、区分担当者にはまず無理と思われる。

郵便部の氏家総括は、余裕をにじませていた。

「事情はわかりました。真面目に働いてくれている彼らを疑うようで気は重いですが、これもお客様のためです。ひとりずつ面接して聞いてみましょう」

と、言ったが、結果がほぼわかっているぶん気は楽なはずだ。

こういう場合の常套(じょうとう)手段として、相手を傷つけぬよう「きみはお客様の郵便物を盗んでいませんか」と聞くのではなく、「最近職場で不審だと思ったことはありませんか。郵便物のことでも同僚の人のことでも、何でもいいんですが」

と、ぼかして聞くだろうことは容易に想像がつく。

「だから、俺らの中に犯人がいるってのか」

桐山の話を聞くや、どすの利いた声で返してきたのは、三人いる集配営業部外務課長のひとり、向島であった。

プロレスラーのようながっしりした体格にスキンヘッド――郵便局員には一応「清潔感のある服装・髪型を心がけ、華美にならないこと」という規則があるが、これはあくまで各々の判断基準に委ねられている。そして残念なことに「恐怖感を与えないこと」という規定はない。

集配営業部は主に、顧客からの電話での問い合わせや郵便物が届かないなどの調査を担当する内務の『計画』と、外回りをしている配達員を統括する『外務課長席』に分かれている。

その外務課長席には、三人の管理者が雁首を並べていた。

向島の右隣に最年長の山下総括課長、その隣には相撲取りよろしく幅を利かせている丸之内課長が無言でこちらをねめつけている。

この三人は、強面ゆえに他部署の者たちからも恐れられていた。

もちろん午前中のこの時間、当の配達担当者は配達にまわっている。彼らはシフトに従って十三時から十四時ごろに一度帰局して昼食と休憩をとり、再度配達に出かけるのは十四時半から十五時ごろになる。

「配達している連中も気の毒だぜ。この寒いなか一生懸命働いて、疲れて帰ってきたところを、犯罪者あつかいされるんだからな」

「それは心苦しいのですが」

桐山は頭を下げるしかない。

――この件は、局長の耳にも入っています。調査は例外なく行なう必要があります。

という言葉が口をついて出そうになったが、

――局長の名前を出して、俺らを恫喝する気か。

と、激怒するに決まっているためぐっと堪えた。

「まあまあ、向島くん」

水戸黄門の助さん角さんよろしく、プロレスラーと相撲取りを両脇に従えた山下総括課長は、対照的に鶴のように痩せている。

「局窓口の立場もあるだろうし、我々としても、やれ身内大事だの、やれ隠蔽体質だのと陰口を叩かれるのは甚だ不本意だ。なにより、お客様の疑いを晴らし信頼を失わないようにするために、もちろん調査はしましょう。まあ、ここのみんなは、そんな悪事に手を染めるほど愚かでも暇でもないとは思うがね」

「ありがとうございます。総括」

不本意だと言ってはいるが、じっさい集配営業部は他の部署と比べて、身内意識が高い。過酷な業務を共にしているのだから、それもわかる気はする。

「そのかわり」

鶴が黒い目でこちらを見ていた。

「うちが潔白だった場合、事の顚末(てんまつ)は逐一報告してもらいたい。集配営業部は転居届も管理しているし、今後の個人情報の取り扱いにも関わってくるから当然だと思うが」

「わかりました」

桐山は頭を下げると、早々に退散した。

6

『ビタミンDは日光を浴びることによって体内で生成されますが、日照時間の短い冬は不足しがちです。ビタミンDの不足は、冬季うつ病の原因にもなります。この時期こそ、積極的に摂取しましょう。豊富に含まれる食材としては鮭やキノコ類が挙げられます』

食堂入り口のメニューの下に掛けられたホワイトボードには、こんなことが書かれていた。

師走の週明け——月曜日の郵便局窓口は、顧客が殺到して特に忙しい。

顧客からの案件が引きも切らずに持ち込まれ、ようやく休憩をとって食堂のカウンターに並んだのは、昼食時をとっくに過ぎた十四時三十分のことである。

当然、社員の姿はまばらだった。

桐山は月曜日の日替わりメニュー『鮭と舞茸のホイル焼き』を選んだ。付け合わせはインゲンの胡麻和えで、セットで味噌汁もついている。

「年の瀬ともなると、お忙しくて大変ですね。少しお疲れのようですが、大丈夫ですか」

奥の調理台で盛り付けたホイル焼きの皿を持って、店長の上條が快活に話しかけてくる。

はたから見てわかるようでは危ないな、と考えながらも、

「ええ。忙しいのもあるけど、なぜかこういう時にかぎって、厄介な問題が起こるんですよ」

従業員のおばさんから、ご飯を並盛にした碗を受け取りながら、ついつい愚痴をこぼしてしまう。

「それはいけませんね。人はストレスがたまると免疫力も低下するんです。風邪やインフルエンザも流行(はや)っていますから、意識してオンとオフを切り替えないと」

それができれば苦労はしないと思いながらも、確かにここ数日、幸田綾子の不可解な事件のことばかり考えていることを自覚する。

昨日は日曜で休日だったにもかかわらず、自宅にいてもその件が頭を離れることはなかった。

じつは、今日の午前中にも綾子から電話があった。

娘の歩実の証言から判明し、綾子に知らせておいた犯人のツイッターでの事前投稿の件だ。

「編集部でも調べてもらったんですが、娘さんの言うとおり、犯人は今回の暴露投稿以前に三回、ツイッターで呟いていました。ファンの方が画面保存していて、それがSNSにあがっていたのを見つけたのです。内容は他愛もないことで、私はもちろん編集部の者も、そんな投稿があったこと自体、知らなかったのですが」

投稿は、いずれも漫画家、薬師寺麗夢の日常をツイートしていると思わせるようなもので、初ツイートでは、漫画執筆の道具であるスクリーントーンの画像を「これからスクリーントーンを貼ります」という呟きと共にアップしていた。

これまでに分かった手口からして、犯人はこの方面に相当精通した人物のように思われた。

担当者の推測だが、犯人は自分でもたびたびツイッターを利用していて、自身のアカウント——本アカもしくは表アカと呼ばれるもの——を持っているのではないか、ということだった。

ただツイッターでは、ＬＩＮＥなどとちがって、同一人物が複数のアカウントを作成し使い分けることができるため、犯人は本アカとは別に薬師寺麗夢の成りすましアカウントを作成して悪用したのではないか。

しかし、手口が明らかになったからといって、それで犯人を特定できるはずもなく、調査は暗礁に乗り上げていた。

カウンター近くのテーブルに陣取った桐山は、程よい味噌味が食欲をそそる鮭のホイル焼きを食べながら、ふと、この食堂の店長にまつわる噂を思い出した。

東京東部郵便局内で今や伝説になっている『お手玉ダイヤモンド事件』と、『金塊強奪未遂事件』は、それぞれ郵便部とゆうパックセンターの上席者が解決に貢献したことになっているが、実は彼らに入れ知恵したのは、この店長なのだという噂である。

実際、局窓口の女性たちの間では、「上條さんって、無邪気そうな見かけによらず頭が切れるのよね」が、共通の認識になっているようだし、「局内に人気のなくなった夜、仮眠を取ろうと休憩室に向かったところ、上條さんが局長室から出てくるのを偶然見た」という郵便部夜勤者の目撃談まである。

食べているうちに十五時になり、ランチタイムの営業時間が終わった。夕食タイムが始まる十六時三十分まで、食堂はいったん閉店する。

閉店といっても料理の注文をストップするだけで、基本的に休憩所である食堂への出入りは自由だ。自販機で飲み物や菓子を買うこともできる。

従業員のおばさんは厨房の流し台で皿を洗い始め、上條も台布巾と消毒用のアルコールが入った霧吹きを持って、各テーブルをまわり始める。

「ごちそうさまでした。ちょっといいですか」

上條が隣のテーブルを拭き始めた時、桐山は声をかけてみた。

「このことは内密にしてほしいんですが、さっき話した厄介な問題というのは……」

テーブル拭きを中断して桐山の向かい側の椅子に掛けた上條は、興味深げに話を聞いていた。

「なるほど。郵便局の関係者がツイッターで個人情報を暴露したとしか思えないような状況が出来上がっているわけですか。うまく対処しないと大問題になりかねない。桐山さんたちはもちろんですが、局長もご心痛でしょうね」

桐山は頷いた。この件は、すでに部署を越えた大問題に発展してしまっている。当然、局長の耳にも入っているのだ。

「あくまで幸田さん――その漫画家の薬師寺麗夢先生が消去法で主張していることですよ。郵便局の内部の人以外に犯行は不可能だってね。もちろん僕だって、そんなことは信じたくありません」

最後のひと言は、ことさら集配営業部の外務課長どもに言ってやりたい。

――俺だって、好きで調査を依頼しているわけじゃないんだ。

「それにしても、メールやＬＩＮＥやツイッターが長距離コミュニケーションの主役になりつつある現在、少女漫画のファンの人達がせっせとファンレターを書いて漫画家さんに送っているとは、なんだか意外です。郵便局にとっては貴重なお客様ですね」

上條は呑気に感心している。

「幸田さんの話では、インターネットの公式サイトでも掲載作品の感想を投稿できるようになっているそうですが、ファンレターに関しては今でも手紙のような紙媒体で送ってくれる読者が多いそうです。熱心な読者としては、作品を読んで感動したことを手紙で送るほうが、作者に対してダイレクトに気持ちが伝わると思うんじゃないですか」

「なるほど」

桐山の指摘に、上條は手のひらを拳で打って頷いた。

「インターネットだと、自分の投稿した内容は作者以外の多くの人の目にも触れてしまう。作者だけに熱い気持ちを伝えたいから、手紙がいいだろうと考える。それも大きな理由かもしれませんね」

今度は桐山が感心する番だった。

「そうですね。もともと読者は、作者の個人的なメールアドレスや電話番号を知ることはできない。最近では、小説家や漫画家とSNSでやりとりできるケースもあるようですが、幸田さん、もとい薬師寺麗夢先生は、どうもそっち方面にはあまり興味がないようで、ほとんど活用していないそうです。だからファンとしては手紙がメインってことになるんでしょうね」

「まあ、忙しい売れっ子漫画家さん相手では、気持ちを伝えるにしても一方通行だとは思いますが」

だがファンのうち、親しい何人かはそうではなかった——桐山は綾子の話を思い出しながら、

「それが、何人かには返事を出していたそうで、返事を書かないと公言している作者からの手紙が届いたりすると、やっぱりファンとしてはすごくうれしいでしょうね。そうやってある程度親しくなると、自分のプライベートな秘密をついつい書いたりす

るかもしれませんね」

と、ファンの内面を分析した。

しかも綾子の場合は、作品にスピリチュアルな要素が多いこともあってか、読者が個人的な悩みを打ち明けて相談したりということもよくあったようだ。

その典型が夏目美奈子だったのだ。

「そこですよ、桐山さん。つまり犯人は、ファンの人が手紙に自分のプライバシーを書いて寄こす傾向があるという事情をよく知っていた人物ということになります。だから、漫画家さんを陥れるためにファンレターを利用できると思った……郵便局員ではありえないでしょう」

突然核心を突かれ、桐山はぎょっとした。

上條は、快活に続ける。

「ただ、犯人は局内にいないとしても、犯行の手口に郵便局のシステムが悪用された可能性はあります。たとえば、転居届とか」

「ほう」

桐山は感心した。

引っ越しなどで転居した場合、新しい住所を知らない差出人から旧住所宛てに郵便物が届くことがある。しかし事前に郵便局に転居届を出しておけば、向こう一年間、旧住所宛ての郵便物は新住所に自動的に転送される。それが、郵便局の転送サービスである。

そのさい郵便物は、旧住所の宛て先の上に新住所が印字された転送シールを貼られて転送されることになる。

しかしたまにではあるが、引っ越しもしていない住人に成りすまして虚偽の転居届を出し、郵便物を横取りするという悪質な行為が摘発されることがある。

「そういえば何年か前に、アイドルが被害に遭った事件がありましたね」

上條の指摘に、思わず手を打った。

「そうそう。被害者が有名人だっただけに、マスコミでも騒がれました」

某アイドル歌手の女性から、最近、郵便物が届かないという相談を受けて管轄郵便局が調査したところ、ストーカーが勝手に転居届を出して彼女宛ての郵便物を自分の家に転送させ、個人情報を盗み見していたことが発覚したのだ。

転居届は通常、郵便局の窓口にある専用用紙に必要事項を記入して提出するものであり、そのさいは本人に間違いないことを証明する免許証、保険証などの公的な証明資料の提示を求められる。

しかし高齢者や入院中の人など本人が窓口に来られないケースも多いので、「ｅ転居」といって、日本郵便のホームページからもインターネットを利用した転居届を出すことができるのだ。その場合は証明書は不要である。

もちろん成りすましを防ぐため、郵便局側としても転居届の受理後、配達員が現地調査に赴くなどの対策を講じているが、それも万全とはいえず、調査をすり抜けるケースも起こっている。

「それにしても、上條さんは郵便業務に詳しいですね」

桐山が感心すると、

「いやあ、いろいろ興味があって、社員の皆さんに教えてもらっているんですよ」

上條は笑った。

「でも、この件に関しては違うと思いますよ。だって幸田さんの家には郵便物がちゃんと届いているんですから。プレミア編集部から送られてくるファンレターも含めてね」

「そこですよ。犯人は虚偽の転居届を出して漫画家さん宛ての郵便物をまず自分の住所に転送させ、中身を閲覧したうえでまた封をし、転送シールを剝がして元の宛て先に戻したうえで、自分で直接、幸田さんのマンションの郵便受けに投函する。そうすれば、受け取った方としては事前に誰かに盗み読みされているとは夢にも思わないでしょう」

「なるほど」

桐山は目の前に急に光が射したような思いだった。その手があったか。

「早速、集配営業部に転居届の有無を確認してみます」

「それともうひとつ、もしかしたらその漫画家さんは……」

上條が言いかけた時、携帯が鳴った。

部長からである。

「わかりました。すぐ行きます」

何か言いたげな上條に「ありがとうございます」と小さく告げると、桐山は急いで食堂を後にした。

7

鉛色の空に、いつの間にやら雪がちらついている。

少女漫画誌・月刊プレミア編集部は、都内新宿区にある白鳳社ビルのなかにあった。

受付で郵便局名と個人名を名乗ると、受付嬢が内線電話をかけ、やがて幸田綾子と編集者らしい女性が現れた。

部長からの電話は、編集部から至急、例の件で話がしたいという要請が入ったので、白鳳社まで出向いてもらえないかというものだった。

桐山は一階の応接室に通され、挨拶もそこそこに一枚のＡ４判の紙を突き付けられる。

最初こそ客である幸田綾子が郵便局窓口社員の桐山に相談を持ち掛けるという構図だったが、今では東京東部郵便局対プレミア編集部という、組織同士の対決の様相を呈している。

突き付けられた用紙にワープロ書きされた内容を読んで、桐山は眩暈（めまい）に襲われた。

――マルデック・ドリームの作者です。いつも応援ありがとう。

私の昔からの読者である上杉(うえすぎ)くんから、こんなおめでたい報告をいただきました。

「麗夢先生。僕がサッカー部に入っていることは、前にお話ししましたよね。このたび、推薦で日南(にちなん)大学へスポーツ特待生としての入学が内定しました。本当にうれしいです。

――僕は『マルデック・ドリーム』の高坂(こうさか)レイのファンですが、「彼のように、最後まであきらめないで」という先生の励ましを糧に頑張ってきました。ありがとうございます。

――でも日南大の担当の人からは、内定はしているが正式発表は後日になるので、他の候補生の手前、この件はしばらく内密にするように言われています。このことは誰にも言わないでくださいね」

「まさか」

「そうです。これがツイートされて半日も経たないうちに当事者の高校生の親御さんから抗議がありました。この投稿が拡散されて、ここにある日南大学の入試担当者の知るところとなり、息子さんは約束不履行で内定を白紙に戻すと通告されたそうです」

手口からして、夏目美奈子の秘密を暴露した投稿者と同一人物と思われた。

それにしても、今回のツイートには当事者である高校生の名前まで載せられている。

推薦先の日南大学はJリーガーを輩出していることで有名だし、これではすぐに個人が特定されてしまう。

「大学側からは、追って連絡を待つようにと形式的に言われているらしいですが、上杉くんはもはや絶望的だと落ち込んでいるようで」

編集者は辛そうに補足した。

恐れていたことが、また起こってしまった。

「どうしてこんなことに」

綾子は涙声で髪を掻きむしった。

「私じゃない。でもそんなこと相手は信じてくれないわ」

「これも、ファンレターに書かれていた内容をそのまま転載したものなんですね」

「ええ。これです」

綾子はテーブルの上に青い封筒を置いた。女性編集者も、眼で読むようにと促す。

桐山はなかの便箋を取り出して書かれた文章に目を走らせた。

ボールペン書きだったが、ツイートされた文章と一字一句同じだ。

綾子の心痛は想像に難くない。自分を慕ってくれる読者の輝かしい未来を破壊してしまったのだ。

「このツイートもすでに削除されていますが、親御さんの話によれば内容があっという間に拡散されたために、彼は友人たちと気まずくなって無視されているとか。もう学校に行けないと言っているそうです」

編集者の口調は、まるでこちらを責めているようだ。

「ですがネット上では、このファンの方本人よりも、薬師寺先生に非難が殺到しています。ファンの個人情報を面白おかしくネット上に晒すことが許されるのかと。前回のこともあって、編集部では先生が成りすましの被害に遭っていることを雑誌の誌面上でも弊社のホームページでも訴えているのですが、フォロワーのほとんどは見て見ぬふり。面白おかしく拡散させるだけです」

苦々しげに吐き捨てると、

「桐山さん。郵便局内の調査はどうなっているんですか」

と、矛先を向けてきた。

「心苦しいのですが、今のところ社員の者が個人情報漏洩に関わっているという事実は確認できません。もちろん調査中ではありますが」

「もたもたしているうちに、三件目の被害が出たらどうすればいいんですか」

編集者の冷たい一言で場が静まった。彼女は少し気まずそうな顔になり、感情的になりすぎたと思ったのか、

「もちろん、郵便局さんが怪しいと決めつけているわけではありません。私どもも、社内でできるかぎりの調査をしました。編集者はもちろん、他の漫画家のアシスタントに至るまでです」

と、弁解したが、正直言ってお手上げだというのは、言葉を切って溜息を吐いたことでもわかる。

当の幸田綾子は嗚咽を堪えるのに精一杯で、もはや発言できるような状態ではなさそうだ。

「これ以上は、わが社としても警察に被害届を出して法的措置を――」

編集者の語調は弱かった。それで状況が改善できるのであれば、とっくにやっているだろう。

唐突に、上條の助言が脳裏に蘇った。

部長の指示であれからすぐに編集部を訪問したため、転居届の件はまだ集配営業部に確認していない。

しかし上條の推理が正しいとすれば、物的証拠が残っている可能性がある。

「すみません。このファンレターの入っていた封筒はまだありますか」

「封筒って……お手元にあるじゃありませんか」

テーブルの上には、綾子から受け取った上杉という高校生からの手紙——便箋と封筒が置かれている。

「いや、失礼。これではなく、読者の方からのお手紙は編集者の方が何通か一緒に大きな封筒に入れて、作家さん宛てに発送されるんでしたよね。そのプレミア編集部からの大きい封筒のことですが」

「それなら、持ってきましたけど」

綾子はバッグの中から、Ａ４サイズ定形外の封筒を取り出した。念のため、取っておいたらしい。

「ちょっと拝見します」

桐山は、二つ折りにされた空の茶封筒を広げると、宛て名書きの部分をつぶさに観察する。

桐山は目を細めた。

宛て名書きといっても、この場合は編集部でワープロ打ちした幸田綾子の住所の書かれた宛て名シールが貼られているのだが、その住所の印字された部分がわずかにけば立っているのだ。まるで、何かを剝がしたあとのように。

——これは、転送シールを剝がした跡ではないのか。

やはり、上條の推理は正しかったのだ。

小躍りしたくなるのを自制した。

「すみません。この封筒、お借りしていいですか。何かわかったらすぐに連絡しますので」

あわててコートを取ると暇乞い(いとまごい)をし、応接室を出た。二人の女性の呆気にとられたような視線を背中に感じながら。

8

十九時十分。

疲れ切った桐山は、東京東部郵便局の食堂にやってきた。

あれから期待に胸を膨らませ、『集配計画』に幸田綾子の配達原簿を確認してもらったのだが、結果は空振りに終わった。

転居届が出されていれば、綾子の名前は配達原簿から抹消されているはずなのだが、彼女はちゃんと登録されていた。つまり綾子宛ての郵便物は、どこかへ転送されたりせず、通常どおり配達されていることになる。

落胆しつつ、外出中に山と溜まった窓口業務を片付けていたら、いつの間にかこんな時刻になってしまった。

郵便窓口は十九時に営業を終了したが、仕事はまだ残っている。今日も残業になりそうだ。

編集部から帰って来てから全く休息を取っていなかったので、さすがに少し休もうと食堂にやってきた。空腹を感じたが食堂の営業時間も十八時半で終わっているはずなので、自販機で何か買うつもりだった。

「おや、お疲れ様です。今日は残業ですか」

翌日の仕込みをしていたらしい上條が、声をかけてくる。従業員のおばさんはもう帰ったのか、ひとりだけだ。

「ええ。少し疲れました。自販機のパンでも食べようかなと」

「月見うどんならすぐにできますが」

上條は――おそらくは桐山の憔悴ぶりを見て――例の調査が難航していることを見抜いたようだ。

「えっ。でも、もう営業時間外でしょう。なんだか悪いなあ」

と、言いつつ腹が鳴った。時間外の食堂には他に社員がいるはずもなく、上條はひとり分なら材料もあるから、と気さくに言って作り始めた。

出されたうどんをすぐに食べ始めたが、だしの利いたつゆに、さわやかな香気が混じって食欲をそそる。

「乾燥させた柚子(ゆず)の皮を刻んで入れておきました。暖まりますよ」

「ありがとう。美味いです」

あっという間に食べ終わると、また愚痴を聞いてもらいたくなった。

「そういうわけで、せっかく助言をもらいましたが犯人がどうやってファンレターを手に入れ、中身を見ることができたかは結局、謎のままなんです」

桐山は、虚偽の転居届が手口ではなかったことを話した。

上條は、なぜか落胆した様子もなく、

「桐山さんは、今日その漫画雑誌の編集部に行って、漫画家さん宛ての封筒を預かってきたんですよね。よかったらちょっと見せてもらえませんか」

と、興味津々で促す。

「これですが」

桐山はクラッチバッグから、四つ折りに畳んだ定形外封筒を取って差し出した。

上條は広げて見る。

「そこに何かを剝がした跡があったから、てっきり上條さんの言うように転送シールが貼られていたんじゃないかと思ったんですが、どうやら違っていたようで」

桐山は先回りして解説したつもりだったが、

「やはり、そういうことでしたか」

上條は、意味ありげな笑みを浮かべた。何か別のことに着目しているようだ。

「念のためですが、これまでもこの宛て名で、出版社から漫画家さんへの郵便物は普通に届いていたんですよね」

「そう聞いていますが」

「桐山さんの推測は当たっていますよ。これは、転送シールを剝がした跡です」

上條は自信たっぷりだ。

「いやしかし、現に転居届は出されていないんですよ」

「この封筒の宛て先に書かれている受取人の名前をよく見てください」

上條は桐山の眼の前で、広げた封筒の宛て名シールを指してみせる。

「確かに幸田綾子さんの転居届は出されていません。しかし、どうやら彼女には、眼に見えないご同居人がいたようですね」

と、悪戯っぽく告げたのだった。

9

食堂を出た桐山は、その足で集配営業部へ向かった。

すでに内務担当者は業務を終了していて誰もいないが、同フロアの別の区画には外務課長の向島がひとりで残っていた。

この際、背に腹は代えられない。

「おう、桐山さんか。例の件ならまだ調査中だぜ。うちは配達員が多いんだ。そんなにすぐに、わかるわけねえだろうが」

相変わらず、ねめつけてくる。

「いや、その件ですが、ちょっと転居届を調べてほしいのですが」

「漫画家の転居届なら、内務の者が確認してるだろう」

「それが、漫画家には同居人がいるらしく、念のためそちらの方も確認したいのです」

転居届や配達原簿はデータベース化されており、その確認は通常、集配営業部内務に頼むのだが、彼らがいない時は外務課長でも見ることができる。しかし個人情報保護の観点から、他部署からはアクセスできないようになっているのだ。

「しょうがねえな」

向島はぶつぶつ言いながらも、パソコンに向かい配達原簿にアクセスする。

「ふむ。たしかに、少し前に漫画家の同居人が転居届を出しているな。以前は二人で住んでいたのが、ひとりだけ引っ越したってところか」

それは違う。幸田綾子はずっと前からひとり暮らしだと言っていた。

まあ当然かもしれないが。向島は少女漫画なんか読まないだろうから、ことの真相に気がつかないだけだ。

「その転居した同居人の名前は」

もはや聞く必要もなかったが、確認してみる。

「『薬師寺麗夢』という人だよ」

「向島課長、ありがとうございました」

桐山は改まって感謝した。

「おかげで真相がわかりました。もう調査は打ち切ってもらって結構です。やはり配達員のみなさんは、潔白でした」

啞然とする向島を尻目に、

「詳細は後日、報告に参ります。山下総括によろしく」

桐山は急いで踵を返した。

10

「本当にお世話になりました。それから、郵便局のみなさんを疑ったりしてごめんなさい」

幸田綾子は、深々と頭を垂れる。

桐山は、先日訪れた白鳳社の応接室のソファに再び座っていた。対面には幸田綾子と、前回と同じ担当編集者の女性がいる。

苦悩が消えたためか、二人とも晴れ晴れとした表情を見せていた。

白鳳社では、東京東部郵便局からの正式な調査報告を受けて、警察に被害届を出したという話だった。

「先生に成りすました犯人が捕まったそうですね」

桐山は心のなかで『虚偽の転居届を出した犯人が』と付け加えた。

「ええ。でもまさか、そんなことができたなんて……」

綾子は、桐山からはじめて犯行の手口を明かされた時と同様に困惑しているようだ。

無理もない、郵便局員である桐山にとっても、こんなケースは前代未聞だった。

上條は、桐山が持ち帰ったプレミア編集部の封筒を見て、宛て名が「幸田綾子様」ではなく「薬師寺麗夢先生」と記されていたことに着目したのだ。

郵便物は、その郵便局の配達管内の住民の本名、この場合は「幸田綾子」で送られてくる場合は問題なく届けられるが、「薬師寺麗夢」のようなペンネームもしくは芸名など別の名前が宛て先に書かれていると、個人情報の取り扱いが厳しい昨今では、たとえ宛て先の住所が合っていたとしても、そのペンネームの人物が彼女本人であると確認できるまでは配達されない。

綾子は忘れているかもしれないが、初めて編集部から「薬師寺麗夢」の宛て名で郵便物が送られてきた時、配達員は幸田綾子の部屋まで行き、対面で彼女に間違いないことを確認しているはずだ。

これは居住者本人が自分で申告することもできるのだが、いずれにしても確認後は便宜上、同居人として配達原簿に登録され、それ以降はどちらの名前宛てであっても郵便物は問題なく配達される。

「犯人は、先生の本名は一切使わずペンネームの『薬師寺麗夢』に対してのみ、本人と偽って転居届を出していた。原簿上は先生の同居人の扱いになっていたから、それができたんです」

実際、直接の担当部署である集配営業部の課長すら、最初は真相がわからなかったのだから、システムを知らない一般人がその巧妙な手口を見破れるはずもない。

その後のことは、上條の推理どおりだった。

犯人は労せずして自宅に転送されてくる薬師寺麗夢宛てのファンレターを盗み読みした挙句、漫画家本人と偽ってツイッターに転載したのだ。しかも、間違いなく炎上しそうなきわどい内容を選んで。

しかし、ばれないというよほどの自信があったのか、この手口が極めてリスキーなものであることに最後まで気がつかなかった。

まんがいち転居届が虚偽であることが見破られた場合、それに明記された新住所、つまり郵便物の転送先こそが犯人の住所であり、それによって簡単に身元がばれてしまうということに。

「犯人——とは呼びたくないんですが、彼女はもともと、私のアシスタントをしてくれていた人だったんです」

わずかに寄せた眉根に、綾子の複雑そうな心境が垣間見える。

「そうだったんですか」

仕事場と住居スペースが分かれているとはいえ、綾子のマンションに出入りするうちに、彼女は薬師寺麗夢宛てに大量のファンレターが郵送されてくることを知った。さらに何かのきっかけで郵便局の配達原簿の登録システムについても知識を得て、転居届の悪用を思いついたのかもしれない。

「その人は薬師寺先生が漫画賞を獲った時、佳作だった人で、デビュー当初は先生のライバルと目されていたんです。何作か連載もしたんですけど、結局、人気が出ずに打ち切りになってしまって」

編集者も面識のある人なのだろう、言葉には溜息が混じっている。

不遇の中で、生活のためとはいえ、かつてのライバルのアシスタントに甘んじる日々——そうやって膨らんでいった綾子への嫉妬と憎悪が、彼女を今回の犯行に走らせたのだろうか。

「今回の件で、名誉棄損の被害に遭われたファンの方は？」

「私と編集長とで直接お会いして事実関係を説明したうえで、私が原因でこのようなことになったことをお詫びしました。二人ともわかってくれて、夏目さんは、ご主人とじっくり話し合ってやり直すそうです」

編集者が綾子の報告を引き継いだ。

「上杉くんについては再度、内定が決まりました。編集部から日南大学の担当者の方に今回の経緯を説明し、内定の件をファンレターに書いてしまったことはともかく、それがツイッターで拡散されたのは彼の責任ではないことを伝えました。もともと大学側も、一度白紙に戻すことで、彼に軽率な行為についての反省を促す意図があったようで。上杉くんも改めて大学側に謝罪しています」

「それはよかった」

綾子は続けて言う。

「桐山さんのご尽力には感謝しています。何か私にできるお礼があれば……」

「いえ、郵便局員として、当然のことをしたまでですよ」

しかも、本当の功労者は自分ではなく上條なのだ。

「でも、もしよろしければ、これにサインをいただけますか」

すかさず、白地に花柄の浮いたハンカチを取り出す。

「娘が、先生の大ファンでして」

エピローグ

その日の夜のこと、上條がいたのは食堂ではなく、総務部に隣接した局長室であった。

「今回は難しい案件だったが、きみのおかげで解決できた。礼を言うよ」

「いいえ、この東京東部郵便局の社員のみなさんのご尽力の賜物です」

上條は、応接セットに座っている。

「今回の犯人の手口は実に巧妙だった。虚偽の転居届を出すにあたっては、インターネット、つまりe転居を利用していたそうだね」

「仰るとおりです」

「もちろん今後、このようなことが起こってはならない。本社ではe転居に関して、本人確認を徹底するため事前にゆうびんＩＤの登録を義務付けるという方向で調整が進んでいる。来年、つまり二〇二一年春には施行されるだろう」

e転居ではこれまで、窓口で免許証、保険証などの証明資料の提示を求めるに相当する本人確認の手段がなかった。つまりインターネット上で転居届を出したのが本当に転居者本人であるかどうかの確認があいまいだったのであるが、本人固有のＩＤ、いわば郵便業務上のマイナンバーを設定し、転居届と紐づけすることによって、それを実現しようという意図である。

上條は頷いた。

「犯罪抑止には有効だと思います」

局長は表情を和らげた。

「しかし、きみには本来の任務から外れたことばかりやってもらっている。その点は申し訳ないし、当の本社に顔向けできんよ」

「身分を隠して現場の実情を調査するのが、今の私の役目です。しかし最近は、食堂の運営が板についてきまして。いっそ転職をと考えているくらいですよ」

上條は無邪気に宣言する。

「それは困る。ここ東京東部だけではない、いま日本郵便は、様々な困難を抱えている。とりわけ、うつ病や過労で退職者が後を絶たないのは大きな問題だ。その対策として、新しいタイプの産業医制度を導入するため、本社の意向で派遣されてきた医師がきみなのだからな」

苦笑する局長に対して、上條は口調を改めた。

「たまたま栄養士の資格を持っていたことも幸いでしたが、このような機会を与えていただいて感謝しています。みなさん、おいしい料理を食べて満たされていると心がオープンになるのか、産業医として勤めていた時にはわからなかった本音を聞かせてくれることがよくありまして。私にとっては、大きな収穫でした」

「今後とも、よろしく頼む」

「こちらこそ」

上條は頭を下げた。

本書は書き下ろしです。

この物語はフィクションです。作中に同一の名称があった場合でも、実在する人物・団体等とは一切関係ありません。

宝島社
文庫

前略、今日も事件が起きています
東部郵便局の名探偵

(ぜんりゃく、きょうもじけんがおきています　とうぶゆうびんきょくのめいたんてい)

2021年10月20日　第1刷発行
2022年12月19日　第2刷発行

著　者　福田 悠
発行人　蓮見清一
発行所　株式会社 宝島社
〒102-8388　東京都千代田区一番町25番地
電話：営業 03(3234)4621／編集 03(3239)0599
https://tkj.jp
印刷・製本　中央精版印刷株式会社

ISBN 978-4-299-02061-1